EL CRISTAL ROTO

EL CRISTAL ROTO

ISIDRO DUARTE OTERON

Número de Control de la Biblioteca del Congreso de EE. UU.:   2020906842
ISBN: Tapa Dura   978-1-5065-3221-9
                                       Tapa Blanda   978-1-5065-3220-2
                                       Libro Electrónico   978-1-5065-3219-6

Información de la imprenta disponible en la última página.

Fecha de revisión: 16/04/2020

Para realizar pedidos de este libro, contacte con:
Palibrio
1663 Liberty Drive
Suite 200
Bloomington, IN 47403
Gratis desde EE. UU. al 877.407.5847
Gratis desde México al 01.800.288.2243
Gratis desde España al 900.866.949
Desde otro país al +1.812.671.9757
Fax: 01.812.355.1576
ventas@palibrio.com
812201

Grecia,

3000 a. e.

EXORDIO

Oh, naturaleza impia, forjadora endina de lo animado y lo inmovible, esencia fisica de lo invisible y lo visible, culpable cruel de que tus vástagos varones hayan vivido por mucho tiempo bajo el plurivoco relente del abyecto analfabetismo. Te mofabas vilmente de haber creado al hombre imbecil, y a la vez endeble de corazon Para que sufriera los martirios de la vida. ¿Por que' eres tan vil?

Y para colmo de sus males le colocaste una mujer a su lado, con especiosa apariencia, para que fuera mas acidosa su efimera existencia. ¿Acaso te debes sentir ufana de que algunos mentecatos te llamen "madre"? Cuando en realidad en vez de crear te has dedicado a destruir. De "madre" no tines nada. Ni siquiera tu sombra. Sera' preciso, por tanto, gritarte "devoradora implacable".

Sera' que ya se les olvido' a la versátil humanidad aquel infame latrocinio que cometiste con el Dios Urano. Un dios perfecto, omnipotente, y feliz, el cual vivia su vida con eterna liviandad para gozo propio. Era sin lugar a dudas, la maxima potestad en todo el vasto universo cubierto de estrellas.

Hasta que tu' apareciste en el anomalo ambiente, surgida de la expectoración solar, te arrimaste a su lado con ideas malévolas llamandote tu misma Gea, en forma redonda como un globo terraquio, ornada de valles, montanas, ríos, y mares con el mero objeto de engatusarlo.

Funesto ardid que tramaste. Luego le pariste un hijo malvado, y desleal, que al cabo del tiempo, le cerceno' a su mismo padre, las partes genitales. Un dolor supremo digno de lastimosisimo duelo…¿Eso es lo que deseabas? De ser asi, lo conseguiste. Por supuesto que si; pero lo lograste con falacias, con enganos. Pobre Dios, confio' en ti, y perecio'en desaprensivo contubernio familiar.

CAPITULO I

Propincuo de aquellas mortiferas simplegadas; cuyas rocas flotantes en el ponto Euxino, giraban en desorbitados remolinos, triturando toda aquella embarcación que intentara cruzar por su medio; emitiendo bramidos ensordecedores que repercutian por toda aquella arenosa playa al batir las saladas olas.

Y por si fuera poco, estos abruptos peñascos eran custodiados con mucho recelo por los feroces dragones Caribdis y Escila; los cuales eran muy temidos por los marineros de aquellos tiempos. Porque no solo sus filosos dientes atarazaban todo aquello que pasara cerca de sus hediondas fauces; sino que tambien sus flamigeros ojos irradiaban una especie de luz hipnotizadora.

Por ese mismo demoledor estrecho, donde la muerte imperaba y el asaz peligro amenazaba, tuvo que cruzar cuidadosamente la nave Argos comandada por el apuesto Jason, hombre semejante a los dioses olimpicos, en cuerpo y prudencia; no sin antes haber perdido en aquel tragico trasiego, varios de sus leales ayudantes.

Continuaron pues aquellos osados grumetes su inequivoco periplo con rumbo a la lejana tierra de la Colquide, siguiendo todo el tiempo el derrotero que les indicaba la estrella de la mañana llamada Sirio, cuya radiante luz, proporcionaba cierto poder esoterico para todo aquel que la siguiera.

De esta guisa, después de 13 horas de navegación, arribaron exhaustos aquellos osados aventureros al puerto de la isla de Limnea, la cual servia de reposo a todo aquel navegante que sintiera las fatigas del viaje por mar.

Una region maravillosa habitada por solo mujeres de graciles pies, rebeldes, feministas, revolucionarias, independientes, las cuales merodeaban todo el tiempo por los campos, en busca de perfumadas flores y frutas de esquisito sabor.

No necesitaban hombres a su lado, no los querian, no los buscaban, los calificaban como un verdadero estorbo para su vida cotidiana. El 90 %

de ellas eran lesbianas, y un 70 % se masturbaban ellas mismas con sendos platanos, para recabar el orgasmo apetecido.

La razon de que no tenian maridos era, porque según decian algunos marineros fenicios que cruzaban por allí, el hedor que emanaba de sus vaginas era tan fuerte que, los hombres al oler esta desagradable esencia, caian desmayados para ser luego asesinados por ellas mismas a sangre fria.

Estas damas eran semejantes aquellas bacanales que, segun cuentan los famosos exegestas, descuartizaron al eximio Penteo en el espeso bosque de la Beocia.

Mas volvamos pues a recobrar el hilo de esta historia, donde otros cronistas comentaban que no era por susodicha pestilencia; sino que eran tan dulces y ardientes aquellas hembras que, volvian locos a los hombres cuando yacian con ellos en mullidos lechos, los cuales se suicidaban ellos mismos, al punto que ellas los abandonaban.

De ahí que, los pobres miserables no podían colegir ¿por que' si ellos las amaban con tanto frenesi, ellas los rechazaban con ingente desprecio? He aquí la exacta cuestionante que se hacen todos los enamorados.

Esta pregunta y muchas mas, aquellos navegantes se hacian todos los días sin poder hallar ninguna respuesta a sus dudas. No obstane, abrigaban la dulce ilusion de que algun día un postero poeta iba a resolver ese enigma con singular entereza.

Pero he aquí que el apuesto Jason, no queria abandonar aquella fabulosa isla sin antes saborear las delicias del sexo con la bellísima reina Hipsipila; la cual al verlo tan galante, y ataviado de ropas finas, se enamoro' perdidamente de 'el, y le brindo' regio hospedaje en su castillo marmoreo.

— En vano buscan los hombres tesoros enterrados en las entranas de la tierra, o en el abismal cimiento de los mares, cuando entre las piernas de una hermosa dama, hay mas riquezas que todas aquellas que se puedan encontrar en otros lados del ecumene. — Bisbiseaba con tono meloso la reina Hipsipila al oido de Jason cuando yacian juntos en el lecho marital. Se trataba de una cama amplia, mullida, cubierta de una tela suave como satin rojo, idonea para realizar el sabroso coito. En el cuarto, flameaba una debil antorcha para otorgar cierto ambiente a media luz.

— Quizas tengas bastante razon en lo que dices, — Adujo el vastago de Eson con acento romantico, al punto que le acariciaba la larga cabellera de la regidora femenil; — no lo niego; pero nosotros los hombres nacimos para la aventura, la guerra, el trabajo forzoso y todo lo que se acerque al estado animal. Somos bestias de carga, animales brutos, por ello somos velludos y torpes, al igual que ellos. Todo lo destruimos con las armas en las guerras, todo lo usurpamos, todo lo viciamos. En cambio ustedes, son tiernas, dulces, olorosas, generadoras de vidas, y sobre todo muy astutas, demasiado astutas. Todo lo que un hombre pueda perpetrar para su contentura propia, debe entregarlo a su esposa para bien comun. Ambos deben compartir equitativamente la felicidad mutua. Mas desafortunadamente las hembras siempre procuran aventajar al marido en este sector; jamas están conformes con lo que tienen, todo el tiempo ansian mas y mas. Es harto difícil complacer totalmente a una mujer; yo diria que imposible.

Al oír esto, la soberana de la isla Limnea, observo' detenidamente a su amante, acababa de descubrir que aquel hombre no era tan tonto como parecia, sabia mas de 4 cosas.

— Uuuhhh, me parece que tu' eres mas especialista en las mujeres de lo que yo pensaba. No sera' empresa fácil subyugarte.

— ¿Y para que' quieres "subyugarme"?

— Tu' mismo acabas de declarar que ustedes los hombres nacieron para sufrir y trabajar como burros.

— Bueno, me equivoque', no todos. Toda regla tiene su excepción.

— ¡Amen!

—Y dime una cosa, ¿como ustedes se pueden mantener por tanto tiempo sin maridos?

—Esa es una pregunta muy importante que todo el mundo se hace. Muchos comentan por ahí que matamos a los hombres, otros murmuran que somos caníbales. Mas la realidad subyace muy lejos de lo que la muchedumbre pregona por doquier. La verdad es que no necesitamos hombres para nada; ni para la cama, ni para la casa. De hecho ustedes nos estorban. Somos mujeres independientes, revolucionarias, que podemos realizar cualquier actividad ya sea sexual o laboral, sin la ayuda de ustedes. Para el trabajo agrícola, la guerra, y el sexo, utilizamos a los caballos, ellos son mas eficientes que ustedes, y lo mejor de todo es que no protestan.

— ¡Ja, ja, ja, que' curioso es todo esto! — Carvajeo' Jason en forma de burla.

— ¡Amen!

—Yo pense' que ustedes eran lesbianas.

— Bueno, nosotras no conocemos esas reglas de moral que usan los gobernantes de muchos paises con el objeto de que sus esposas no se perviertan. El hombre siempre tiene miedo a todo; por ello, impone sus leyes a su conveniencia para esclavizar a sus consortes. Empero, nosotras, a la vez que nos fastidiamos de consumar el sexo con los caballos, lo hacemos entre nosotras mismas. Eso no nos perjudica en lo absoluto. La moral la inventaron los hombres, no las mujeres. Y a nosotras que nos importa las inquietudes de ustedes; nacimos para gozar, para divertirnos, odiamos la tristeza, la pobresa. Ustedes nacieron para sufrir, nosotras no. En colofón, nos incumbe mas la vida de un caballo que la de ustedes.

— ¡Alabado sea Zeus! ¿Has dicho los "caballos"?

— ¡Amen! ¿Qué tiene de malo eso? Es mas deleitoso fornicar con un animal que no respinga, que no con ustedes que todo el tiempo están protestando. Puesto que siempre se están quejando de dolores en la espalda, en los pies, y hacen la existencia mas incomoda. Muchas veces, si, muchas veces, no se les levanta el miembro viril, y tenemos entonces que recurrir a los caballos.

— ¡Alabado sea Cronos!

En ese instante, Hipsipila abrazo' fuertemente a Jason, y lo beso' con dulzura. A partir de ese instante, realizaron el sexo por largo rato. No se podía negar que entre ambos emergia una insoportable atracción fisica; la cual cada día se tornaba mas y mas peligrosa. Y Jason procuraba por todos los medios de complacerla sexualmente para que no lo trocara por un equino.

En pos de esto, ella le musito' al oido.

— ¿Para que' te vas a la Colquide en busca de ese maldito Vellocino de Oro?

— Tengo que llevarlo a Yolcos, para que el pueblo me reciba como su heroe vencedor de males. Mi falso tio Pelias, destrono' a mi padre, y no lo puedo permitir, es mi deber de hijo responder ante tal atentado.

— Yo quiero ir contigo a la Colquide, la princesa de allí, dicen que es una bruja hechicera, sobrina de la maga Circe. Esa joven es muy mala.

—Yo no creo en esos cuentos. Tengo absoluta confianza en Zeus. El me protegera'.

— No confies mucho en Zeus, no olvides que 'el fue tambien victima de un maleficio.

— ¡Quién pudo haber cometido tan sacrilegio en contra del omnipotente?— Inquirio' Jason espantado arqueando las cejas.

—Maya, la madre de Hermes.

— ¡Alabado sea Cronos! ¿Y que' hizo el largo vidente para protegerse de tal maldad?

— Nada. ¿Qué podía hacer ante tanta fuerza supernatural? Por ello, quiero ir contigo.— Insistio' la reina de Limnea.

— No. Tu' mejor quedate aquí cuidando esta isla, que cuando regrese, te voy a llevar conmigo a Beocia.

— ¿A Grecia?— Exclamo' uforica Hipsipila dibujando en su afrodisiaco rostro un mohin de satisfacción. Su eterno sueno podía pronto cumplirse en realidad. A las mujeres les fascina la ciudad, el pavimento, la gente, las tiendas de ropas, chisme, el bullicio, es allí donde reina el desorden, la depravación, el adulterio.

— Si.

— ¡Oh, gran Zeus omnipotente, que' suerte he tenido en conocerte.

— Gracias.

— Mi amor, quiero pedirte un favor.

—¿Cuál es?

— ¿Por que', antes de partir hacia la Colquide, no vas a visitar alla' en la montana, al vidente Fineo, hombre sabio en vaticinar el futuro?

— Así lo hare', si ello te tranquiliza.

— Gracias, amor mio. Eres formidable.

— ¡Uuuuhhhh! — Esbozo' Jason un tanto sarcastico. Esas identicas palabras, las habia escuchado en otras ocasiones; pero con distintas mujeres. ¿Y donde estaban esas damas?... En el pasado "IN ETERNUM". El comprendia perfectamente bien que en la cama las hembras murmuran expresiones muy distintas, pero muy diferentes, a las que divulgan en la cocina, o en cualquier otra parte del hogar. Para ellas el lecho es el patíbulo de matanza, es ahí donde sofocan a su presa para luego aniquilarlas. Es ahí mismo, donde todo es permitido, y nada es prohibido. Ella es el verdugo de la escena; y por consiguiente, no tiene piedad, no le importa tampoco tenerla. Y desgraciado sera' el hombre si rehusa las reglas del matador, o, solicita algun tipo de clemencia, jamas sera' indultado. Como quiera esta' condenado a perecer.

Al otro día bien temprano, Jason acompanado de un grupo de hombres armados, escalaba la cúspide de la colina a visitar al ciego Fineo. Hombre ducho en descifrar las artes ocultas cuando entraba en el delirio vaticinal. Era tan famoso en aquellos tiempos como el mismo Calcas, y el ciego Tiresias.

Como era ciego al igual que Tiresias, no podía servirse del vuelo de las aves para presagiar el futuro; sino que se sometia por medio de la concentración a una especie de trance, cuya posesion por algun numen desconocido, intuia factores que otra gente no podía comprender.

El campo esoterico no se hace fértil para todo el mundo; solamente algunos predestinados por el hado universal, pueden sembrar ahí la semilla de la sabiduría oculta.

Al llegar a la cima, Jason observo' perplejo un espectáculo macabro. Tres gigantescas aves con rostro de mujer, y garras de aguila, devoraban los alimentos del pobre anciano el cual no podía defenderse; acto seguido, el heroe de Argos extrajo su filosa espada, y espanto' aquellas Harpias, las cuales se alejaron volando hacia el lejano horizonte, emitiendo discordantes graznidos.

El nigromante al auscultar los pasos de los visitantes, se volteo' para el grupo.

— Oh, Jason desposeido,

Del trono de tu ascendiente,

Hay un peligro inminente,

En el curso que has seguido.

Eres hombre decidido,

A continuar tu tarea,

No te fies de Medea,

Pues al fin del colofón,

La sangre corre a monton,

En el templo de Atenea.

— Hola, Fineo, es un verdadero placer para mi venir aquí a saludarte. Pero no me agrada en nada esa profecia que acabas de dictar creo que me presagias un mal agüero.

— Oh, Jason ¿Qué puedo hacer?

Si tu destino fatal,

Se ennegrece con el mal,

Sin poderse detener.

Es terrible la mujer,

Cuando al punto despechada,

Se siente tal rechazada,

Por otra joven mas bella,

Da origen a la querella,

Sin estar aun casada.

— ¿De cual "mujer" hablas?— Inquirio' Jason
frunciendo el entrecejo. Empezaba a temer de
aquellos cantos de mal agüero.

— De la princesa hechicera,

La hija del rey Aete,

La cual desnuda se mete,

En oscura madriguera.

Dicen que agarra un machete,

Y corta su tersa piel,

Su sangre vierte cual miel,

Embeleza sus sentidos,

E invoca al Dios aguerrido,

Para que le sea fiel.

— ¡Alabado sea Zeus!— Repuso Jason
desconcertado.— Asombrado me tienen tus
palabras.— A lo cual el brujo Fineo volvio' a
recitar.

— Mejor regresa a tu hogar,

Y olvida ese Vellocino,

Que presenta mal destino,

Y no se puede evitar.

Que' mas quisiera cantar,

Versos de felicidad!

Pero al decir la verdad,

Me tildan de mal agüero,
Por ello, Jason, yo quiero,
Vivir en mi soledad.

Posterior aquel encuentro con el agorero, retorno' Jason cabizbajo y pesaroso al palacio de su consorte conyugal Hipsipila, le conto' a su esposa todo lo que el vidente le habia dicho, y ella temerosa de que algun mal le sucediera a su marido, trato' por todos los medios de frenarlo en continuar su empresa; mas todo esfuerzo resulto' inútil.

ALEA IACTA EST. Ya la suerte estaba echada, Jason no podía claudicar a su deber de hijo, y debia por tanto, recabar el trono de su padre que su tio postizo Pelias, lo habia adquirido sin permiso y sin consentimiento de Eson. Tal descaro y latrocinio no se podía permitir.

Allende de todo esto, ya estaba allí, mas cerca de la Colquide que de Beocia, ¿Qué dirian sus hombres si regresaba con las manos vacias sin el Vellocino de Oro?

De esta guisa, Jason e Hipsipila disfrutaron del amor por 7 calendarios, y llegaron a tener 2 hijos que los nombraron: Euneo y Nebrofono. Cada vez que Jason intentaba zarpar para la

Colquide, algun obstáculo se interponia en su camino. Tal parecia que el mismo hado se oponia en su periplo.

Por fin, después de haber conseguido favorables vientos, echaron el buque Argos a la mar, y navegaron por espacio de 13 horas, desembarcaron en las arenosas playas de Colquide, donde lo aguardaba otro monstruo humano semejante a una mujer, llamada Medea, la princesa de esta region, hija de Eetes, rey de Colquida y de la ninfa Idia.

Según dicen, esta tal Medea, era sacerdotisa de Hecate, y sobrina de la hechicera Circe, la cual le habia enseñado a su sobrina demasiados sortilegios para que no careciera nunca de amor. No es porque le interesara mucho el proposito de amar; sino mas bien para esclavizar a los maridos y que estos, laborando como bueyes, nunca les faltara el sustento.

En efecto, la tia y la sobrina se habian convertido en profesionales brujas; y de hecho, ya habian patentizado su propio veneno. Ellas no poseian el vigor en los brazos; sino en la mente. De la exacta manera que una serpiente sin disponer de alas ni patas, se alimentan todos los días; de igual manera ellas 2 lo conseguian.

No bien hubo Jason y su sequito puesto los pies en la costa de aquella lejana tierra, una delegacion de hombres armados, les salio' rapido al encuentro.

— ¿Quiénes son ustedes, y de donde vienen? — Pregunto' el jefe de la guardia nacional de aquel arido pais.

— Nos vanagloriamos de ser griegos, hombres libres, educados, y rendimos sagrado culto a la sagrada hospitalidad que ordena el omnipotente Zeus.

— ¿Para que' han venido?

— Venimos a recabar el famoso Vellocino de Oro; según cuentan, se halla en esta tierra custodiado por una gigante serpiente de mortiferas fauces que nunca duerme.— Respondio' Jason con tono meloso.

— ¿Quién eres tu' que tanto hablas?

—Yo soy Jason, hijo de Polimede, tia de Odiseo, y de Eson, vastago de Creteo, rey de Yolcos. Aquí a mi lado me acompanan, Heracles, del linaje de Zeus, y Teseo, descendiente de Poseidón, el que bate la tierra. Los demas, son humildes marineros faltos de costumbres domesticas, que con sus vigorosos brazos, sacuden las espumosas olas con los maderos remos para que nuestra concava nave de ligeros velamenes, surca los mares en rapida carrera, y nos lleven a los confines mas remotos de la redonda tierra.

— ¿Por casualidad ustedes han ido a la Atlantida?

— No, jamas. Pero un día si Poseidón nos ayuda, iremos allí.

—Bueno, vengan conmigo a la corte del rey Eetes, es mi deber, presentarlos ante 'el.

— ¿Y tu soberano honra las leyes de la hospitalidad, o las ignora?

— Eso no les importa ahora a ustedes, en la posición que ustedes están actualmente, no tienen ninguna alternativa. ¿De que' les sirve saberlo?

— Es cierto. Vamos pues.

De esta guisa partió aquel conjunto hacia el castillo del monarca de la Colquide, y antes de presentarlos ante el soberano de aquella nacion, fueron anunciados a priori, y 'este los recibio' con agradable expresión, aunque sus ojos no dejaban de inspeccionar visualmente, la catadura de sus huéspedes.

El hegemon de aquel pais, estaba acomodado en su mullido sitial, y a su lado se exhibian de pie, su esposa Idia, y su bonita hija Medea. No se le podía conceder el titulo de "bellísima"; ya que en verdad, no lo era.

—¡En hora buena, caballeros, es infinito placer para mi, acoger a tan honorables visitantes. —Saludo' el rey con acento amistoso, exteriorizando una amable sonrisa en sus escualidos labios. Aparentaba una edad de 50 anos, cuyas canas en su espesa barba y cabellos largos, corroboraban su vigente longevidad. Vestia completamente de ropa color azul, y una gruesa cadena de oro, cercaba su cuello.

— Muchisimas gracias, su Merced. Es un enorme elixir para nosotros, receptar ayuda de un hombre tan importante como usted en esta hora que mas la necesitamos. — Adujo el hijo de Eson haciendo un gesto de reverencia.

La princesa Medea no le quitaba los ojos de encima a Jason. Lo encontraba bellisimo. Nunca habia visto un hombre tan apuesto. Aquella cara deificada, y aquel cuello de tigre, tal parecia que se lo habian enviado del propio Olimpo para que ella disfrutara de las delicias del placer sexual. Sentia algo raro dentro de su alma, tal parecia que su endeble pecho habia sido perforado por una de esas saetas de doble filo que el travieso Eros dispara sin sentir ninguna piedad por los heridos de amor. Al igual que una serpiente, transformo' su facie, y sus iris oculares adquirieron una extrana luz.

A las mujeres les fascina todo lo que sea extranjero; siempre buscan otra cosa nueva, lo diferente, algo que les quiebre la monotonia. Para ellas, en la variedad prevalece el sabor; de ahí que sean promiscuas, e infieles. Pero no es su culpa; sino, de el largo vidente Zeus que las hizo asi, para castigo "IN ETERNUM" de los miserables hombres.

— Según me han informado mis fieles servidores, ustedes vienen en busca del Vellocino de Oro.

— ¡Amen!

— ¿Y ustedes sabian que se Vellocino de Oro es sagrado?

— No.

—Si. Ese cuero dorado era de un carnero alado nominado Crisomalo, el cual fue sacrificado por Frixo, hijo de Atamante, rey de Orcomeno, y de la diosa Nefele, tan pronto como arribo' a este sabuloso suelo. Es una historia muy triste, pues Atamante repudio' a Nefele para casarse por segunda vez con Ino, la hija de Cadmo, de la cual tuvo otros 2 retoños. Esta tal Ino, odiaba a sus hijastros, pues le recordaba la belleza de Nefele, la cual la superaba en beldad, y mas que todo en astucia. Y la otra razon tanto mas convincente que la primera, era que deseaba profundamente que sus propios hijos fueran los herederos del trono. De inmediato, planeo' el asesinato de Frixo y su hermano Heles; mas Nefele intuyendo aquel inminente peligro, los monto' sobre un carnero volador para que evadieran el execrable atentado. Desafortunadamente Heles cayo' en el mar, y solo llego' aquí, Frixo. Acto seguido, sacrifico' el animal al dios Ares, y el cuadrupedo ascendio' al cielo como constelacion de Aries, y yo conservo bien resguardado por una serpiente que jamas duerme, la zalea dorada.

— Fascinante relato.— Repuso Jason cabeceando positivamente, y boquiabierto. Asombrado me tienen tus palabras.

—No creo que puedan ustedes derrotar a esa gigantesca serpiente que custodia esa vellon.

— Debo intentarlo. No hay peor diligencia que la que no se realiza.

—Muy bien. Buena suerte. ¿Cuando piensas ir?

— Mañana a primera hora.

—Perfecto. Le dire' a uno de mis hombres que les conduzca ahora sus respectivas habitaciones, y mañana les guie por el camino hacia el roble sagrado donde se exhibe la querida prenda.

— Muchisimas gracias.

— Por nada.

CAPITULO II

Se fue pues Jason a la recamara que el rey le habia asignado, la cual estaba ubicada al fondo del castillo, y como no tenia sueno, se asomo' al balcon para contemplar el paisaje campestre que todo el tiempo proyecta una especie de lugubre espejismo a esa hora del ocaso.

Ya era eso de las 6 de la tarde, y el ardiente sol se disponia a abandonar la irregular faz de la tierra. Es sin dudas, una hora de tetrica reflexion de incertidumbre. Es el exordio de una inminente variedad de estado que los poetas denominan crepúsculo. Es el cambio del radiante sol a la opaca luna. Un punto novilunio, inviable, dogmatizante, algo delictuoso a los sentidos del bardo que ve esta mudanza del tiempo, como una interrupción anomala a los corolarios de la acendrada armonia. Es la llegada de las sombras, donde todo pecado es permitido.

En medio de su profundo extasis, oyo' un pequeño ruido en el jardin que crecia gradualmente en su lado derecho. Enfoco' su vista hacia allí, y vio' una mano femenina que le hacia senales para que se aproximara al sitio.

Incontinenti, el heroe griego brinco' la baranda, y se encamino' hasta allí bastante cauteloso.

— Sssss, no hables alto. — Le dijo la princesa Medea, al tiempo que cruzaba su dedo indice sobre aquellos sensuales labios. Jason la reconocio' enseguida. Era la damisela que estuvo parada al lado del rey cuando ambos conversaban.

— ¿Qué sucede? —Interpelo' el vastago de Eson anonadado.

—Yo soy Medea, la hija del rey. La que estaba allí parada proximo a 'el, cuando tu' llegaste. Quiero auxiliarte en la adquicision del Vellocino de Oro.

— ¡Alabado sea Zeus! ¿Por qué deseas socorrerme? — Interpelo' Jason con acento ingenuo. Ella lo observo' pofundamente; en ese preciso instante comprendio' que estaba delante de otro idiota.

— No se'. Me gusta socorrer a la gente.

— ¿Y por que' me llamas aquí en secreto?

— Mi padre no fue sincero contigo. En realidad 'el no quiere que te lleves ese cuero dorado. 'El sabe muy bien que no podras vencer a la serpiente. Mero existe una posibilidad…

Medea hizo una pausa en su coloquio, y le miro' fijo a los ojos.

— ¿Cuál es?—Interrogo' Jason escéptico tal esos niños pequenos que ansian descubrir un secreto.

—Yo tengo un polvo magico que es lo unico que pudiera dormir a ese asqueroso reptil.

— ¡Alabado sea Urano! ¿Es cierto entonces que tu' practicas la brujería?

— Nosotras las hembras hacemos de todo.

— ¡Alabado sea Cronos! Asombrado me tienen tus palabras. — En ese segundo, recordo' la advertencia de su esposa Hipsipila. No se habia equivocado. — Dame ese magico filtro, por favor. Lo necesito. — Rogo' el extranjero extendiendo su mano derecha.

— Nada es gratuito en este mundo.

— ¿Qué insinuas, mujer? ¿Qué quieres? ¿Cuánto pides?

— Marcharme de aquí contigo. Odio esta tierra, esta gente, anhelo con todo mi corazon residir en Grecia. Es sin dudas Atenas la ciudad símbolo de la eterna belleza. Debi haber nacido allí, no aquí con esta plebe faltos de costumbres domesticas.

Al escuchar esto, Jason amplio' las cuencas opticas en exoftalmia, arrugo' la frente, y permanecio' callado por varios segundos. En ese instante, penso' en Hipsipila y sus 2 hijos. ¿Cómo podía justificar la presencia de otra mujer ante su familia; y mas aun cuando su mujer le advirtio' de la conducta indisciplinada de la princesa de Yolcos? Al analizar bien el caso, probablemente le resultaria mas viable eliminar a la serpiente despierta, que no enfrentar a Medea con Hipsipila.

Nunca se supo ¿Por qué Jason guardo' hermetico silencio en ese preciso momento? Por un lado no le convenia acarrear con aquella doncella; por otro, debia obtener el famoso Vellocino de Oro.

— No entiendo. — Objeto' el heroe griego moviendo la testa negativamente.—¿Por qué te empecinas ayudarme en contra de la voluntad de tu padre? ¿Qué murmuraran la gente de esta tierra cuando se enteren de tu traicion?

— Me importa un bledo lo que rumoren la chusma de esta comarca, no me interesan lo que digan. Yo ansio con todo mi corazon, vivir al frente de la Acrópolis de Atenas. Ademas, el rey no es mi padre verdadero. Cuando yo era nina me adopto' como su hija; porque estaba locamente enamorado de mi madre que era bellísima. Los hombres por el sabor de la vulva, son capaces de todo hasta de ser buenos padrastros. Cuantos hombres no hay por ahí que laboran como bueyes para mantener hijos que no son los suyos propios; y sin embargo, cuidan arduamente de otos que no son los de 'el. Yo los conozco, te puedo citar varios ejemplos.

— No. No hace falta. Yo tambien los conozco.

— Jason, yo solo atiendo a los dictados de mi corazon. El vulgo siempre habla.

— ¡Alabado sea Urano! En que' clase de lio me he metido. Yo vine a buscar el Vellocino de Oro, no a una mujer.

— Puedes tener las 2 cosas a la vez; si tu' quieres. — Repuso Medea modulando la voz como si quisiera concederle cierta musicalidad al eco de sus palabras. Todas las mujeres son divas naturales cuando las circunstancias lo permiten, no necesitan asistir a una escuela de canto para otorgarle a su acento, un tono acustico, similar a los acordes que emitia, la triste lira de Orfeo.

— Pero yo,…

El heroe no pudo culminar su locución, pues 2 tiernos brazos lo rodeaban. La boca de ella busco' la de 'el con frenesi; y aquel beso que iba cargado de cierta magia, resulto' ser el preámbulo para que realizaran el coito 2 veces consecutivas. Una allí mismo en el vergel, y la otra dentro de la recamara de huésped.

ALEA IACTA EST, Jason no lo penso' mas, no tenia mucho tiempo que perder. Se encomendo' al Dios Zeus para que lo protegiera en esta nueva aventura. Y a la mañana siguiente, partió con sus hombres y Medea en busca del celebre Vellocino de Oro.

No demoro' mucho tiempo la caminata desde el palacio de Aete hasta un viejo roble que se erguia en medio de la pradera central de la Colquide. En cuyo tronco se enroscaba una enorme serpiente que jamas dormia.

Al llegar allí, Medea se adelanto' unos 13 pasos del grupo, y lanzandole a la cabeza del reptil una bolsa de franela llena de un polvo magico color amarillo, se vio' increíblemente después de unos segundos, como el ofidio lentamente se entregaba a los brazos de Morfeo.

Ipso facto, Jason desclavo' aquella relumbrante zalea de la madera del arbol, y salieron corriendo hacia la playa donde estaba el barco atracado. Montaron raudos, y salieron navegando a todo remo. El periplo marino duro' 13 horas hasta arribar a la costa de la isla Limnea.

Grandisima fue la sorpresa para Medea al punto que vio' palmariamente, 2 niños preciosos acudir corriendo a abrazar las rodillas de su querido padre. Allí mismo la princesa de la Colquide, sentia que fenecia lentamente. Un frio algido calo' sus endebles huesos, mientras una antorcha encendida abrasaba su cerebro.

¿Qué era aquello? Este drama no estaba programado en su novela. No podía dar credito a lo que estaba presenciando con absoluta claridad. ¿Por qué 'el no le dijo alla' que estaba casado? ¿Y la madre de esos chiquillos donde estaba?

A esta pregunta, apareció rapido la respuesta. En efecto, en ese preciso momento, aparecia la reina Hipsipila mas hermosa que nunca; y para colmar su beldad natural, traia encajada entre su dorado pelo y su oreja izquierda de alabastro, una flor roja que le conjugaba muy bien con su boca carmesí.

No bien aquellas 2 mujeres se enfrentaron visualmente, Medea quedaba completamente derrotada en el certamen de belleza. Se sintio' tal mal que, no pudo menos que agachar la cabeza, y hacer absoluto silencio.

— ¿Quien es ella?— Interrogo' la madre de los niños con cierto aire de superioridad que caracterizan a las hembras con poder; en colofón, ella era la esposa.

— Ella es Medea.— Contesto' Jason sabiendo muy bien que aquel nombre representaba un tabu para su consorte.

— "Medea".— Repitio' aquel odioso nombre la soberana de Limnea. Nunca la habia visto en persona; pero si habia oido muchos comentarios sobre la princesa de la Colquide. Lo que mas repercutia en sus oidos, era que le habian comunicado que era bruja como su tia Circe. En ese instante, tuvo un presentimiento raro.

Jason coligiendo que la atmosfera se habia cardeado mas de la cuenta, se apresuro' a calmar la situación.

— Ella solamente va a estar aquí por unos días, hasta que yo la vaya a dejar en Corinto, cuando yo regrese a mi pais natal.

— ¿Por que' tienes tu' que llevarla en tu nave?

— Es simplemente un favor, un acto de humanidad.

— ¡Oh, si, no me digas, que' amable eres! ¿Yo no sabia que tu' eras tan atento? — Las vocales de Hipsipila acarreaban un halito de ironia. Algo asi como un sutil sarcasmo.

— Por favor, mujer, ella es una huésped…

— ¡A mi que' me importa! — Rugio' como una leona la reina de Limnea. — Yo soy tu esposa. Yo te dije bien claro que no fueras alla'. Yo intuia algo raro. Jamas me equivoco en mis presentimientos.

— ¡Alabado sea Zeus! ¡que' problema este!

Medea comprendiendo perspicuamente que estaba generando cierto tipo de incomodidad en aquel matrimonio, decidió alejarse a la playa cerca del barco Argos en el que habia venido a esta inhospita region. Si hubiera imaginado todo esto, jamas se hubiera alejado de su patria natal.

Se sento' en la arena, y contemplo' al horizonte, aquella linea visible; pero infinita, donde se hundia el endrino celeste en el undoso mar, como de igual forma, se sumergia ahora el alma de ella en un abismo insondable de especiosa niebla. Era la triste hora del abandono total. Un momento lobrego para meditar sobre aquel ominoso destino que la estrangulaba gradualmente. Un especioso hado se interponia en su tortuoso camino sin otorgarle ningun tipo de esperanza que la pudiera guiar por un derrotero feliz y arribar a puerto seguro.

Ya no podía retornar a su pais. Era una proscrita. ¿Qué hacer? Su animo iba muriendo al compas de la tarde. Se sentia sola, y abandonada. Su corazon semejaba un cristal roto. Si Jason le hubiera dicho la verdad, ella nunca hubiera dejado su tierra natal. Ahora se reprendia ella misma por haber sido tan estupida. ¿Cómo se pudo haber ilusionado a primera vista de un advenedizo? ¡Cuan arrepentida estaba!

En medio de su aciago abandono, memorizaba aquella vida feliz cuando era nina. Era la bella princesa mimada y cuidada por sus padres y esclavas fenicias en la corte real. Todos sus deseos infantiles eran cumplidos a la perfeccion. Nada se le negaba. Los niños pobres la admiraban y le adulaban al mismo tiempo. Se vestia con las mejores telas traidas del Libano por los mercaderes fenicios. Sus ayos eran sin lugar a dudas, los mejores tutores de la comarca. Le adoctrinaron todo lo concerniente a lo que correspondia a una princesa de alto rango. Y le prohibieron terminantemente codearse con la chusma de baja ralea.

Todo se lo adoctrinaon; excepto, confrontar al villano Eros. Un nino injusto, harapiento, hambriento y desnudo.

Y ella, su esposa, la reina de Limnea, tan oronda, tan imperativa, tan arrogante. Muy feliz al lado de su marido y sus hijos. "pensaba Medea". De hecho, la sobrina de Circe, no queria aceptar la derrota; su orgullo mujeril no se lo permitia, no lo iba a aceptar y no creia por ningun modo aceptarlo; sin embargo, una inusitada reciedumbre en su coleto, la incitaba a reaccionar ante el fracaso.

Su hiperbolico y eclectico ego vanidoso, no le permitia adoptar cualquier otro tipo de estado que no estuviera al nivel de su categoría.

De pronto, como si una abominable intuición le arrebatara su cerebro, y le obstruyera por completo sus buenas ideas, sintio' profundos deseos de venganza. No podía quedarse con los brazos cruzados. Tampoco una serpiente hubiera permanecido quieta al ser pisada por otro animal. Jason se la iba a pagar bien caro. Aquella afrenta no podía quedar en el vacio.

Ipso facto, preparo' un plan en su mente que lo fue alimentado poco a poco. Y a medida que organizaba aquellas raras y malevolas ideas en su emenil cerebro, mas le atizaba el calor de la venganza. En ese minuto, como si las propias Erinias estuvieran confabulando para socorrerla en su estado de depresion insalubre, volteo' la vista a su alrededor, y diviso' a cierta distancia, a Teseo, rey de Corinto, que pescaba en la playa cerca de la proa de la nave Argos. Sin perder un segundo, anduvo hacia allí.

— ¡Hola Teseo! ¿Qué haces aquí tan solitario?

— Hola, princesa. Esta es la mejor hora para pescar, los ostiones, las olas los arrojan contra los arrecifes, y es mas factible recabarlos.

— Ahí veo en la cesta que ya atrapaste bastantes. ¿Para que' quieres tantos?

— Para Jason y su familia.

— ¿Ellos se lo comen crudos, o, cocidos ?— Inquirio' la princesa deseando averiguar todo lo concerniente a aquella odiosa familia.

— Crudos. Según dicen ellos, en el estado natural no pierden el sabroso sabor.— Repuso Teseo con tono escéptico, no pudiendo descifrar por que' cuestionaba tanto aquella damisela.

Aquella información, penetro' por los oidos de Medea, y atizo' la llama que ardia en su cerebro. Se quedo' un rato allí tranquila, y cavilando ciertas cosas, decidió decirle a Teseo.

— Teseo, no mires para aca'. Voy a desnudarme. Deseo lanzarme al agua a nadar un tanto.

— Esta' bien, no mirare'.

Ipso facto, Medea extrajo de su bolso un liquido venenoso, lo rego' sobre los moluscos de la cesta, y no bien hubo despojarse de su indumentaria, se arrojo' al agua salada. Nado' unos cuantos minutos, y salio' a la superficie a secarse. Se vistio' otra vez, y comenzó andar por toda la costa procurando alejarse de la nave Argos lo mas pronto posible.

Tres horas después, el palacio de Hipsipila se convertia en una verdadera funeraria. Los 2 niños y su madre habian perecido fulminantemente por la rapida reaccion de aquel mortifero veneno. Jason se salvo' de milagro, porque quiso beber una copa de vino primero antes de cenar.

Aquellas nativas mujeres solteras, y asesinas de maridos, leales a su reina, al verla muerta, no perdieron un segundo en tomar las armas contra los invasores que habian aniquilado a su regente.

Los gritos de aquellas hembras no eran de dolor; sino de rabia, parecian hienas famelicas aullando de noche en la selva africana. Arremetian con tanta furia contra aquellos griegos, que el valor heleno no resultaba suficiente.

Tuvieron que huir de allí lo mas pronto posible los pocos argonautas que quedaron con vida. Gracias al fornido Heracles que batiendose duramente contra ellas, pudieron escapar ilesos de tan sangrienta matanza.

Soltaron las amarras de la nave Argos, y enfilaron rumbo hacia la eterna Grecia.

CAPITULO III

Un siglo mas tarde, cuando la inclita ciudad de Troya, ubicada en el Asia, no muy lejos de la region de la Colquide, fue destruida por los aqueos, a merced de la solercia ingeniosa del astuto Odiseo, la mayoria de los griegos retornaron ilesos a sus respectivas viviendas; excepto, el vehemente Aquiles, su amigo Ajax, y el noble Patrocolo que murieron en combate en la arenosa costa de Ilion.

El propio Odiseo, tuvo la penosa suerte de regresar a su patria; pero no sin antes sufrir las angustiosas calamidades que le impuso el soberbio Poseidón, el que bate los mares; por haber cegado a su hijo, el ciclope Polifemo, un gigante vil, y arrogante, provisto de un solo ojo en medio de su arrugada frente.

De esta guisa, el astuto Odiseo, hijo de Sísifo, anduvo errante de un lado a otro por todas aquellas escabrosas costas del Helesponto, todo el tiempo recordando aquella cruenta batalla de Troya. Todos los sucesos acaecidos allí, merodeaban en su mente como un perpetuo retrato.

Empero, habia un detalle detrás de todo aquello que jamas lo supo colegir. El estaba casi seguro que Axtianas, el hijo de Hector, jamas habia sido arrojado desde las almenas del palacio de Priamo como se creyo' siempre entre el alto mando de los aqueos.

Le parecia que Andromaca, la madre del nino, presintiendo en su fuero interno que su vastago iba a ser exterminado por los vencedores para que pereciera con el pequeño la sangre de Hector, lo cambio' por otro infante huerfano para burlar a los griegos, y su retoño verdadero se lo dio' a Eneas, el descendiente de la diosa Afrodita, para que lo sacara ileso de las garras del enemigo y huyera con 'el a Italia.

De esta guisa iba Odiseo pensando en esto, hasta que arribo' al puerto de la isla Aea, al sur de la peninsula italica, donde reinaba la hechicera Circes, la tia de Medea. Ya 'el habia sido advertido por el adivino Tiresias cuando aquella vez descendio' al fondo penumbroso del Averno, y degollando un toro negro, cuya sangre alimento' a los difuntos, se le aperecio' alli en forma de espectro, el famoso vidente Tiresias.

— ¡Oh, marinero ambulante!

Que surcas el mar salado,

Ten ahí mucho cuidado,

Con Circe, la nigromante.

Es seductora y amante,

Del vino y del lecho ardiente,

Embauca a toda la gente,

Que por su sala camina,

Es una tromba marina,

Es la pasion eminente.

Esta mujer era muy conocida en el ambiente de la brujería; habia patentizado su propio veneno, y poseia el don de metamorfosear en animales a sus identificados enemigos, los cuales se transformaban en otra forma, según la naturaleza de sus instintos.

Pero a todo esto, no pudo convertir a Odiseo en bestia; ya que antes de arribar al palacio de Circe, este fue advertido de susodicho peligro por Hermes, el Dios de los secretos ocultos de la vida ultraterrenal; el cual le salio' al camino en forma de un longevo pescador, y le dijo estas aladas palabras.

— Odiseo, vastago de Sísifo, fecundo en ardides, ten mucho cuidado con la magia de Circe, nadie escapa de su hechizo. Hazme el favor, toma esta flor prodigiosa, y comela. Te va a hacer mucho bien.

— ¿Y se puede saber quien tu' eres?— Pregunto' el hijo de Sísifo esceptico.

—Yo soy un simple viejo del mar que agotado de ver tantas cosas, y de sufrirlas con admirable denuedo, ya he perdido un poco la vista.

— ¡Alabado sea Hefesto! Buen anciano, — Repuso el hijo de Sísifo observando de arriba abajo al vetusto coligiendo en su fuero interno que aquel intermediario estaba realizando la funcion de algun Dios olimpico.— Muchas gracias por su advertencia. Asi lo hare'. Pero dime una cosa, ¿como supiste que yo soy Odiseo?

— En este momento todo el mundo solo habla de la guerra de Troya. Ha sido el evento beligerante mas celebre que ha acontecido últimamente en la historia de Europa y Asia. Y por ende, todo el mundo comenta que fue el astuto Odiseo, fecundo en ardides, quien concibio' la idea de construir un gigantesco caballo de madera, para infiltrarse en el interior de la ciudadela y aniquilar a los troyanos violadores de mujeres casadas ajenas. Y yo se' que tu' eres ese tal Odiseo; por esa enorme cicatriz en la pierna derecha que te hizo un jabalí, cuando recien empezabas a cazar en tu temprana juventud.

— ¡Alabado sea Apolo! Ooohhh, ya veo, deberia entonces cubrirme esta marca para que no sea reconocido en el futuro.

— Correcto.

— Muchas gracias. Pero ea, dime otra cosa, ¿Cuál flor es esta que me estas ofreciendo?

— Es "El Principe Negro". Una rosa maravillosa. Mi madre todo el tiempo la utilizaba para hacer brujerías, o, curarse de ellas. Con esta flor, dicen por ahí que embrujo' al propio Zeus; al cual, lo tenia encantado.

—¡Alabado sea Urano! ¿Hasta el propio Zeus cayo' embaucado?

— ¡Amen!

— En verdad que por ocultos senderos la magia nos domina.

—Así es.

—Bueno, muchas gracias por su regalo. Ahora voy a emprender mi camino hacia la morada de la bruja Circe.

— Por nada. Ten mucho cuidado con ella; pues no solo encanta con hechizos; sino tambien con sus piernas.

— ¡Alabado sea Hermes, y me cuide de todo mal! Hasta luego.

— Adios.

Asi fue como el astuto Odiseo, fecundo en ardides, se resguardo' espiritualmente con aquella prodigiosa flor, para encararse con la maga Circes, y protegerse de sus filtros magicos.

No bien atraveso' un espeso bosque que separaba la playa del acicalado palacio de ella, arribo' al umbral de tan mansión, y toco' suavemente la tabla de la puerta.

Uno de las criadas de la reina, le abrio' la entrada y le condujo hasta la presencia regia de la soberana de aquella isla.

— ¡En hora buena, forastero! Bienvenido a mi humilde morada. — Saludo' la nigromante con voz seductora sin moverse de su mullido sitial. No se podía negar que era una mujer fascinante, algo exotica, y mistica a la vez. Un tremendo peligro para un hombre encarar a una mujer que reuna todas estas cualidades. Y sobre todo esto, aquella voz angelical modulada con tanta perfeccion cuando le convenia.— ¿Quién eres, y de donde vienes?

— Mi padre Laertes me nombro' "Odiseo"; pero el nombre que me cuadra es "desgraciado".

— ¡Ja, ja, ja, ja, que' ocurrente eres! ¿Y por que' eres "desgraciado"?

— Otros dicen que soy hijo del condenado Sísifo, quiza' de ahí venga mi desgracia. Si en verdad, soy vastago de ese malvado, ya podras imaginar cual suerte me toca.

—Ja, ja, ja, ja, —Volvio' a carcajear la regidora de aquella misteriosa isla.— Si, es cierto, yo misma he oido muchos detestables rumores sobre tu putativo padre Sísifo. ¿Pero me imagino que tu' no eres igual que 'el, no?

— ¡Jamas! Soy un hombre probo, decente, y fiel a mi esposa...

— ¡Ooohhh! ¿Eres casado?

— Amen.

— ¿Y donde esta' ella?

— En Itaca.

— ¿Y como se llama ella?

— Penélope.

— ¿La quieres mucho?

A medida que el interrogatorio avanzaba, el tono de voz de la encantadora iba adquiriendo un eco hechizante para los idos.

— Jamas podre' querer a nadie mas.

— ¡Ooohhh, que' bien! ¿Y tu' crees que ella siente lo exacto por ti?

— Por supuesto. Ella me adora.

— Ja, ja, ja, ja, en verdad me haces reir. Eres bastante ocurrente. — Carcajeo' la vidente desplegando aun mas los parpados y escrutando directamente a las pupilas de su huésped, como si quisiera hipnotizarlo.

En medio de su alborozo, la bruja Circes no pudo contener cierto mohin de desagrado, odiaba a los hombres casados; pues los consideraba unos verdaderos esclavos. Como ella se sentia libre e independiente, repudiaba todo aquello que estuviera sujeto a la disciplina o al yugo.

A todo esto, no podía negar que aquel griego le atraia fisicamente, lo veia hermoso, y si en verdad estaba casado, su esposa no estaba allí presente; por lo que podía servirse de las actuales circunstancias, y disfrutar del amor a plenitud sin que la otra se enterara.

Tambien le cruzo' la idea en el cerebro de convertirlo en perro; de esta guisa, le serviria a ella hasta que se muriera, y la otra imbecil no podía hacer nada por impedirlo. Como quiera, 'el a la sazon estaba en sus manos.

No lo penso' 2 veces, y decidió metamorfosearlo en canino para que no osara otra vez de ofender a la que le proporcionaba hospedaje.

De esta manera, ordeno' a su servidumbre que le pergenaran un suculento banquete a su invitado de honor, y a toda la demas gentuza que lo acompanaba.

De inmediato se aderezo' la cena, y ulterior a haber comido y bebido lo suficiente como para sentirse satisfecho, Circes se puso de pie, agarro' una barita magica, y le toco' la cabeza al tiempo que le exhortaba.

— Ve, tu' tambien a la madriguera de los canes, insolente, falta de respeto, allí es tu idoneo lugar. Aprende esta leccion: "No le cuadra al que esta' abajo ser soberbio con el que esta' arriba".

Mas con la parsimonia del hombre que se siente protegido, y seguro a la vez de lo que dice, le respondio' con absoluta calma.

— No, mujer de las tinieblas, encantadora eficaz, no ire' a donde me envias. No competo a ese lugar. — Diciendo esto, saco' velozmente su espada, y punzando la punta en el alabastro cuello de la maga, le arengo' imperativamente.— Libera ahora mismo mis otros compañeros, o por el propio Hades que te desuello la cerviz.

— No, no, por favor, no me mates, yo quiero complacerte en todo. Si me dejas vivir, te dare' el famoso Vellocino de Oro…

— ¿Qué, que' dices?

El rostro de Odiseo mudo' repentinamente al oír aquella nueva. Enarco' las cejas, y arrugo' el entrecejo. Tal mohin no paso' inadvertido a la reina de la isla Aea, quien notando que aquel evangelio habia causado asaz efecto en su interlocutor, repuso con acento irónico.

— ¿Acaso tu' conoces algo sobre el Vellocino de Oro?

— Por supuesto. Mi primo Jason fue a buscarlo a la tierra de la Colquide, y jamas volvio'. ¿De veras tu' lo tienes?

— Si; pero no te lo dare' hasta que enfundes esa punzante espada, y hagamos las paces.

— Muy bien. — Acto seguido, el argonauta envaino' su arma de doble filo, y cuestiono'.— ¿Donde esta' ese cuero dorado?

Las mujeres no son tontas. Y mucho menos la hija de Hecate. Desde luego que ella no iba a ceder asi tan fácil aquella presea, no sin antes recibir algo en cambio. No se debe olvidar que las hembras nacieron para recibir, nunca dar; ni siquiera escupen para no gastar saliva.

— ¿Y que' me vas a conceder en cambio?

Ipso facto, Odiseo comprendio' rápidamente que la soberana de aquella isla deseaba negociar.

— ¿Y que' es lo que tu' quieres?— Cuestiono' Odiseo capcioso.

Al auscultar aquello, la bruja sonrio' suspicazmente como confiando en que podía emular en la platica; ahora la situación habia tomado un sesgo favorable para ella. Se podía dar el lujo de sentarse a deliberar el caso.

Y asi lo hizo. Ocupo' su trono real, y paseo' su aguda intuito por todos los rincones del vestíbulo de su acicalado palacio. Tal parecia que no tenia prisa en dialogar con su interlocutor. Luego inquirio'.

— ¿Y que' tu' ofreces?

— Lo que tu' pidas.

— ¡Ooohhh, ja, ja, ja, ja! — Carcajeo' de buena gana la hechicera.— Muy bien. Quiero que seas mi marido. Hace ya bastante tiempo que estoy sola, ya me canse' de masturbarme, y de revolcarme en el lecho con mis esclavas.

A tal intempestiva admonición, el rey de Itaca penso' rápidamente en su estatus matrimonial en su pais de origen; de hecho, estaba casado con Penélope, la que según cuentan, es la mas pura de las damas que nacieron en toda la Grecia, muy, pero muy, distinta a las hijas de Leda y Tindaro.

Sumido en este crucial analisis, Odiseo, fecundo en ardides, debia decidir cual partido tomar. Pero como era tramposo, y embustero por herencia, prefirio' fingir despreciar a su actual esposa, y casarse con la que tenia delante.

El era bastante materialista para no darse cuenta que su futuro dependia en gran medida de aquella hechicera. No le hacia ningun dano a Penélope, si la omnipotente necesidad, lo incitaba a disfrutar de cierto periodo romantico con Circes.

En realidad, Circes era mas hermosa que Penélope, y tambien mas ardiente en la cama; asi es que, no le venia mal a Odiseo, amarrar por un tiempo el endeble corazon, y soltar las tirantes riendas del cerebro.

Y asi de esta guisa, mantuvieron un torrido romance ellos 2 por espacio de 5 años. De esa polarizada fruición, nacieron 2 graciosos retoños, una hembra y un varon, que los nombraron: Roberto y Alina.

A la llegada hora de partir, Odiseo cargo' con su Vellocino de Oro, prometiendo a su esposa e hijos que volveria lo mas pronto posible; pero ya no regreso' mas, pues al hacer tal promesa se habia olvidado de la implacable ira de Poseidón, el que bate la tierra.

Asi fue como en uno de esos naufragios de la barca de Odiseo, bajo la procela inevitable del mar mediterraneo, el famoso Vellocino de Oro fue a parar a las costas de Libia, donde los fenicios se apoderaron de 'el, y lo ofrecieron en subasta en Atenas, la capital del mundo por aquellos tiempos.

Y los atenienses que habian escuchado por mucho tiempo, la tragica expedición de los argonautas, comandada por Jason, el cual se volvio' loco, y murio' errante en los intrincados montes de la zona rural de Corinto.

Susodicho Vellocino de Oro, lo mercaron los atenienses con el dinero de las arcas populares del gobierno, el cual era a la sazon, presidido por el demócrata Pericles, y por votacion unanime de los ciudadanos de la metrópoli, se le coloco' al pie de la colosal estatua broncinea de Atenea Nike', que erigio' el celebre arquitecto Fidias en la inclita acrópolis de Atenas.

Tal obsequio tan valioso y de tanta magnitud historica, no podía pasar por alto a los ojos del mundo entero. En seguida se corrio' la noticia que el famoso Vellocino de Oro, habia sido depositado en el Partenon de la acrópolis de Atenas, y los arabes fueron los primeros en protestar; pues según ellos arguian, ese tal objeto precioso, competia a la autoctona reliquia historica de Asia.

Les parecia indigno que tal zalea dorada, fuera depositada a los pies de una diosa virago. Los arabes siempre criticaron las costumbres de los griegos de rendir homenaje a las diosas femeninas por naturaleza, y con aspecto masculino; en especial a Palas Atenea que, según ellos, nacio' para crear dificultades.

Ella y nadie mas que ella, fue la autora intelectal de que los griegos introdujeran en la ciudadela de la portentosa Troya, aquel famoso corcel de palo que fue la causa letal para que los aqueos eliminaran completamente a los danaos. De Pergamo se oian los gritos de horror, y la roja sangre corria a raudales ante los pies de la diosa virgen.

Muchos arabes murmuraban que la sensual Afrodita habia pervertido sexualmente a Palas Atenea, y la habia convertido en lesbiana. De ahí que la virgen guerrera con ojos de lechuza, tuviera esa inclinación hacia su mismo sexo. Pero lo mas interesante de esta damisela era que no se acostaba con otras diosas; sino solamente con Afrodita.

Como quiera, los arabes estaban dolidos desde hacia muchisimo tiempo con los griegos; y no solo deseaban a ultranza vengar el crimen injustificable de Troya; sino que tambien ansiaban recabar aquel reputado Vellocino de Oro con poderes supernaturales.

No se hizo esperar mas, y el rey persa, llamado Ciro, el grande, o, el tramposo como otros dirian, recluto' tremendo ejercito para invadir a Grecia. De inmediato, se propago' la voz de que todo aquel que odiara a los griegos, era bienvenido a las filas de combate para aniquilar a los delincuentes aqueos.

Se vio' entonces aquellas hordas de soldados persas, arrasar con toda la Mesopotamia de Este a Oeste, nadie en aquella zona quedo' falto de la subordinación de los arabes. Aquellos guerreros orientales parecian invencibles, nada los detenia. En todo el ecumene ya se hablaba de Ciro, el grande, y su fama alcanzo' niveles estratosfericos.

Mas hubo una mujer escita, reina de los masagetas, nombrada Tomiris, quien siendo regidora de su tribu nomada, y no poseyendo ninguna tierra especifica para dar alojo a las huestes de Ciro, no acepto' alinearse a 'el; ya que, siendo ella tambien mujer, no consideraba justo que una femenina auxiliara a un hegemon, a que le arrebatara la honra a otra hembra, y mas siendo diosa.

En este punto, Ciro' observo' cierto grado de indisciplina, y principio de revolucion femenil por parte de la regidora masageta. Tal incumplimiento a su orden, no podía tolerarlo, y para dar un buen escarmiento a todas aquellas mujeres que defendieran a Palas Atenea, ordeno' marchar contra Tomiris, antes de ir contra Atenas.

Al enterarse la reina masageta de aquella absurda expedición contra sus columnas belicas, redacto' una esquela para que su propio hijo se la llevara al rey persa, la cual citaba.

—"A su majestad Ciro, el grande, rey de toda Asia, y pronto del mundo entero, no creo que sea relevante acometer contra un pueblo nomada que carece por completo de toda propiedad juridica, y que mero se contenta con los favores que recibe de la gran naturaleza. Es menester pues puntualizar aquí, que no vale la pena luchar contra un pueblo humilde que mero anhela subsistir. Desde que naci, he visto correr la sangre a caudales por las guerras de los hombres. Sinceramente te confieso que al ver todas esas cosas, y analizarlas de buen grado, he llegado a la conclusión que ustedes, los machos, son unos insensatos, no cavilan, todo lo resuelven con las armas. Deberian primero procurar elimnar el maldito orgullo de sus corazones para que la sabia razon penetre en sus atribulados cerebros. De hecho, constantemente, me hago esta pregunta, ¿Por que' no se contentan con lo que la sabia natura les concede? Oh, no. Eso no es suficiente para ustedes, todo el tiempo la avaricia les tienta las entranas, y buscan mas y mas para luego entregarselos a cualquier prostituta que aparezca en el camino. No he conocido durante toda la historia de la humanidad un solo crimen que el hombre no cometa por complacer a su esposa, o, amante. Escucha bien, su Excelencia, detrás de todo gran crimen, esta' la oculta mano de una mujer. Con esto te pido de favor que no vayas a cometer la estulticia de luchar contra mi; pues me siento totalmente amparada por la diosa Palas Atenea."

No bien hubo leido esta misiva, Ciro, el tramposo, estallo' en un acceso de furor. Quemo' el escrito, asesino' con sus propias manos al principe masageta, y su embajada que lo acompanaba, y decreto' rápidamente formar las filas de combate y arremeter contra aquella intrusa reina escita.

La pelea fue sangrienta, tal parecia en verdad, que Tomiris estaba poseida por la diosa Palas Atenea; de hecho, se parecia a ella, con aquel casco broncineo, aquella larga jabalina en su mano derecha, y el escudo atado a su brazo izquierdo, cuya superficie exhibia el grabado del caballo de Troya, aquel corcel de madera que fue construido para arruinar la ciudad de Ilion.

Hele ahí a Tomiris luchando como una leona que habia perdido su cachorro. Habia quedado viuda, pues su marido habia perecido en combate tiempo atras, y ahora su hijo termino' asesinado por un psicopata. Ya no le quedaba mas nada que perder; excepto su pueblo, y este la seguia fiel en todas las circunstancias.

La batalla duro' 13 horas, la liquida sangre corrio' de ambos lados; luchaban los soldados con absoluto denuedo; y por fin Ciro el tramposo culmino' vencido. Su cabeza fue cercenada del cuerpo, y llevada como trofeo a la presencia de Tomiris, quien dictamino' que la zambulleran en un odre repleto de sangre persa para que el espiritu de Ciro, saciara su sed de ambicion territorial.

CAPITULO IV

Ulterior a que el rey Ciro, el tramposo fuera derrotado por la reina Tomiris, el trono del imperio persa fue ocupado por su hijo Cambises; el cual, no bien hubo sujetado las riendas del poder, declaro' la guerra sin cuartel a los griegos.

Desde nino habia aprendido odiar a los aqueos, y ahora le tocaba el turno a 'el de tomar venganza. No quiso llevar cabo ninguna represalia contra los masagetas; porque comprendia que su padre nunca debio' luchar contra un pueblo nomada que no poseian ningunos bienes que poder disfrutar.

En cambio Grecia conservaba jugoso erario del pueblo, el Vellocino de Oro, y la gran estatua del Zeus olimpico hecha de oro, plata, y marfil, la cual constituia la octava maravilla del mundo. Ademas, los aqueos eran tan orgullosos que, todo el tiempo pregonaban por doquier que todo aquel que no fuera heleno, se consideraba barbaro.

Y esto en verdad, a Cambises le caia como una patada en el estomago. 'El, todo el tiempo habia jurado que si algun día, invadia Atenas y triunfaba, iba a cortar la cabeza de aquel Zeus olimpico, e iba a forzar al escultor Fidias, que esculpiera la de 'el para colocarla sobre aquel colosal cuerpo deificado, y asi la gente lo viera como un Dios, y le rindiera pleitesía.

Como quiera, su vida estaba destinada a una muerte prematura; y tal vez la mas horrible de todas las maneras que se pueda figurar un ser humano. Según cuentan, los exegetas de la epoca, Cambises quiso antes de invadir Grecia, consultar con el oráculo de Amon sobre su futuro proyecto.

A lo que el vidente replico'.

— ¡Oh, Cambises, desgraciado!

Soberbio de corazon,

No haras ninguna invasión,

Y aquí seras sepultado.

De arena seras colmado,

Y no de marfil y plata,

Moriras como una rata,

Cuando llegue la tormenta,

Entonces te daras cuenta,

De la vida, cuan barata.

Asi dicen que fenecio' Cambises ahogado bajo una tormenta de arena en el desierto circundante al rio Nilo. Pero al transcurrir de los anos, su nieto Darío I, asesino' al usurpador Gaumata, y se corono' el mismo como nuevo emperador del imperio persa.

De igual modo, como su abuelo y bisabuelo, decidió incursionar beligerantemente en Grecia. Tenia que destruir la cultura helenica. No soportaba aquella democracia de Pericles, ni aquellas reuniones de filosofos en las escalinatas marmoreas en la acrópolis de Atenas. Odiaba profundamente a Platon por haber abierto los ojos a la humanidad.

Ya habia formado su plan en cuanto tuviera en su poder aquella ilustre metrópoli. Lo primero que iba a hacer era, esclavizar a los poetas, Esquilo, Sófocles y Eurupides, para que cantaran todo el tiempo en su corte y se dejaran de tanta charlataneria. No los queria libres; pues los consideraba como una especie de demonios con esquisita facundia.

A los filosofos Sócrates, Platon, y Heraclito, los iba a colocar en el campo para que labraran la tierra y pudieran filosofar al aire libre con mas exactitud. Y cuando estuvieran cansados, Epicuro les iba a suministrar agua fresca, y un pedazo de pan viejo para que se restablecieran de la fatiga. Ya que Epicuro manifestaba por doquier que todo aquel alimento aunque fuera rancio, si eliminaba el hambre era un verdadero placer.

Pero de todos aquellos griegos, al que mas le interesaba controlar era al matematico Pitágoras; pues le habian informado que acababa de descubrir los 2 movimientos del planeta Tierra, y tambien habia ideado el famoso teorema del triangulo rectangulo. Esto le intereso' muchisimo; ya que tal erudito podía fácilmente medir la longitud de su imperio.

Tambien le habian dicho que este tal Pitágoras podía averiguar el carácter de las personas a merced de los numeros primarios. Algo inaudito para aquellos tiempos; porque parecia como una especie de adivinación supernatural; algo asi como una forma de magia esoterica. Y eso, solamente estaba consagrado a los dioses del Olimpo.

Allende a todo esto le habian informado que no solo era astronomo, matematico, y espiritista; sino que tambien era musico y poeta. Un hombre que dominara todas esas disciplinas, podía estar muy cerca del Olimpo. Y este hombre, mas que todos los demas, le urgia apresarlo.

Le importaba un bledo el mencionado Vellocino de Oro, esto simplemente significaba un subterfugio para invadir Atenas, la capital del mundo en aquellos tiempos. El lo que buscaba era semejarse a los dioses. Por lo que, rápidamente organizo' una gigantesca expedición para marchar contra Grecia.

Pero desafortunadamente, tal parecia que la península helenica estaba protegida fuertemente por la diosa Palas Atenea; ya que el rey Darío I en medio de sus preparativos belicos, murio' debido a una extrana enfermedad que lo puso fuera de circulacion.

A partir de ese momento, los teologos arabes comenzaron a predecir mal augur para cualquier otra incursión beligerante contra la Elide en el futuro. Mas, el descendiente de Darío, nombrado Jerjes, mal influenciado como estaba por sus ayos, no quiso prestar atención a los magos, y quiso de todas formas pergenar otra enorme hueste, mucho mayor que la de su progenito, y desfilar contra Grecia.

Ipso facto, organizo' una gigantesca expedición beligerante, compuesta por un millón de soldados. Los mejores expertos en la infantería y caballeria. Los arqueros mas diestros, los cuales podían fácilmente disparar 13 flechas consecutivas, sin tomar un descanso. Eran verdaderas maquinarias belicas.

Allende a todo esto, contaba con su guardia personal, todos vestidos de negro, los cuales se amarraban a la montura de sus caballos, y luchaban hasta morir junto con la bestia. No retrocedian ante la inminencia del peligro. No podían huir, tampoco lo querian.

Pero el espionaje entre ambos bandos estaba en su apogeo. Un pastor de bueyes podía fácilmente parecer un alto oficial de la marina, o, viceversa. El soborno, la conspiración, parecian estar a la orden del día. Nada estaba seguro en aquellos tiempos. El servicio secreto del rey persa, funcionaba a todo tren. Nada podía fallar esta vez. El nombre del soberano Jerjes, iba a pasar a la historia como el unico persa, vencedor de los aqueos.

En efecto, resulto' tan sonora su derrota que, no tuvo mas alternativa que regresar a Persia, y vivir allí los ultimos anos de su vida en ignominiosa existencia. A partir de ese momento, ya ningun persa quiso saber mas nada de Grecia. Habian llegado a la conclusión de que, ciertamente, la ciudad estaba protegida por la diosa Palas Atenea.

Pero inexorablemente, el mundo esta' predestinado a perecer bajo la maldad de una mujer. Si. En efecto, son ellas las que proveen la vida, y tambien la muerte. Son unicamente ellas las que lo destruyen todo lo que las circundan. Son genuinamente rompedoras de armonia. No pueden ver nada quieto, nada hermoso; sin que lo arruinen. Nacieron para crear dificultades.

Y desafortunadamente, es el pobre hombre el instrumento que ellas utilizan para desmoronarlo todo. Es una verdadera lastima que a los niños desde su temprana edad, no se les enseñe en la escuela, eludir el inminente peligro que se les avecina tan pronto alcanzan la pubertad. Deberia haber en las aulas de estudio, un profesor capacitado especialmente para explicar este peligroso tema.

Y asi de esta guisa, se ve al hombre desde pequeño recibir los duros golpes de su efimera existencia. Cuando es nino, los padres, y los maestros, lo educan estrictamente para que enfrente a la vida con cierto grado de sabiduría; luego los politicos lo embullan y los embaucan para defender a la especiosa patria, y por ultimo la vecinita de 18 anos, se encarga de metamorfosearlo en buey para el resto de su vida.

De ahí podemos concluir entonces que, el misero masculino vive 3 etapas en su limitada existencia; estas son: la del mono, la del perro, y por ultimo la de buey. Una vida efimera y miserable. Digna de lastimosisimo duelo. Por ello, el divino Atlas fundo' la inclita Atlantida en la region central de la isla de Hecuba, y allí expuso su famso teorema: "El Destino del Hombre."

CAPITULO V

Fue entonces cuando la historia dio' un giro sorprendente de 180 grados, y aquellos que fueron una vez perseguidos, ahora se empenaron en ser perseguidores. Todo esta' en perenne cambio, y lo que una vez fue, jamas dejara' de ser; pero, misteriosamente simplemente muda la fisonomia.

Alla' en las sombrias mazmorras de Tebas, donde la estrela Sirio en las noches de verano, se manifiesta en el Oriente con mas rutilacion, habia un joven cautivo llamado Filipo II de Macedonia, el cual siendo principe de la casa real de aquellas tierras, habia sido capturado por los piratas fenicios, y vendido como rehen al rey de esa zona, para luego exigir un jugoso rescate a su padre Amintas III, rey de la rica tierra de Macedonia.

Nadie en ese preciso instante, podía vaticinar, ni siquiera remotamente, que aquel apuesto principe tratado como esclavo ahora, muy pronto seria el amo y señor de todo el mundo conocido. Asi es la vida. Cuando los dioses del olimpo se empeñan en hacer un hombre afortunado, no existe ningun tipo de obstáculo en el orbe que pudiera frenar ese impulso. Y tambien, de viceversa manera.

He aquí que mientras estuvo preso Filipo en su reducta celda, observando un dia meticulosamente la inquietante labor de las hormigas en un rincón de su buhardilla, se le ocurrió la idea de formar una especie de infanteria a pie llamada "falange", la cual puso en movimiento tan pronto estuvo libre, y ocupo' el trono de su padre.

Parecía aquel hombre protegido por un espiritu divino, nada ni nadie podía interponerse a su avance arremetedor contra sus enemigos. Tenia una antigua cuenta que arreglar con Tebas, y los llamo' a combate en la planicie de Queronea. A pesar de que sus mensajeros le habian advertido que Atenas pensaba aliarse a Tebas en su contra; porque Filipo II al tomar la colonia griega de Anfiolis, donde habia una en el monte Pangeo una excelente mina de oro, y no quiso devolverla.

Necesitaba mucho dinero para mantener en pie aquellos aguerridos soldados faltos de costumbres domesticas. Mas su mayor anhelo consistia en derrotar a Tebas, aquellas calamidades que sufrio' en prision, debian ser compensadas para que no pasaran a la historia como crueles penalidades.

Una cosa rara surgio' en la mente de Filipo II, cuando quiso controlar el templo de Delfos, donde su oráculo recitaba enigmaticos augurios.

— ¡Oh, Filipo, rey del mundo!

Semejante al inmortal,

No pises aquel umbral,

De aquel Epiro profundo.

Es su princesa un fecundo,

Problema a la humanidad,

Para decirte verdad,

Mantente lejos de ella,

Es la vid de la querella,

Y la cruel fatalidad.

— Muchas gracias por todos sus consejos, — Replicaba Filipo II a la hechicera con aspecto obediente. — Pero me han dicho que allí esta' aquel Vellocino de Oro que trajo Jason de la Colquides, y el rey de epiro lo cuida celosamente. A lo que la bruja le respondia.

— ¡Oh, Filipo, caprichoso!

Olvida ese Vellocino,

Y escoge otro camino,

Que te sea provechoso.

Eros, es el mas odioso,

De todos los inmortales,

Es el creador de los males,

Que aqueja la humanidad,

No conoce la piedad,

Y sus flechas son fatales.

Asi mismo le cantaba la pitonisa de Apolo. Pero ya a Filipo le habian informado sobre esa diabolica princesa llamada Olimpia, y como 'el era un mujeriego empedernido, y demasiado testaduro, no puso cuidado en aquella advertencia espiritual, y no tuvo ningun inconveniente en pergenar inmediatamente los preparativos para aquellas reales nupcias.

Este iba a ser su sexto matrimonio, y desafortunadamente el ultimo; porque esta princesa de Epiro, poseia un carácter letal, irascible, no iba a permitir otra sucesora. Era una mujer de un temple indomable, posesiva, terca, como toda mujer insubordinada, sabia muy bien como hacer uso de su astucia, la cual unida a su belleza irreparable, formaban una especie de barrera imposible de penetrar; peor que la misma falange.

Pero ya el destino de Filipo II estaba sentenciado por las Parcas del Erebo. Habia usurpado el templo de Apolo en Delfos, y esto el Dios nunca se lo perdonaria. Ya ningun Dios queria saber de 'el en el Olimpo, su fama colosal, habia adquirido limites universales. Ya nadie hablaba de Zeus; sino de Filipo II de Macedonia. Y esto ya era suficiente para ser imperdonable.

En la batalla de Queronea habia sometido a su enemiga Tebas, Atenas, y a Esparta, a todas juntas las habia aplastado fácilmente, aquella celebre falange era invencible; ya no tenia contrarios; su celebre falange habia resultado todo un éxito militar. Y lo mejor de todo era que 'el no guardaba ningun tipo de rencores contra sus contendientes.

Después de vencidos sus adversarios, les proponia indulgencias para negociar. Era un perfecto estratega militar y politico. Todo el tiempo creia que cada uno debia tener una segunda oportunidad para resarcir su vida; de la misma manera que la tuvo 'el.

Pero desgraciadamente para 'el, su fama habia adquirido proporciones tan inmensas que, ya afectaba la voluntad de los dioses olimpicos, y decidieron entre todos ellos, en mutuo acuerdo, acabar con 'el. No podían existir 2 Zeus al unisono. Solamente podía reinar el que amontonaba las nubes.

Mas, he aquí lo que sucede cuando el mar desea tragarse al cielo. Surge entonces la linea visible nominada horizonte, para detener ese proposito; ellos 2 jamas se unen; aunque parezca lo contrario. ¿Cómo los dioses olimpicos podían terminar entonces con un hombre que parecia invencible?...Mero existia una posibilidad, y esta era mediante el cruel Eros, vastago de Afrodita, un nino hambriento, ciego, y desnudo.

Asi sucedió que, el travieso Eros depositando saetas de doble filo en los ojos de Olimpia, cuando miro' a su presunta presa, lo fulmino'. Filipo quedo' absolutamente enamorado de ella, y la boda no se hizo esperar. Ansiaba enormemente poseerla en el lecho marital. La visualizaba desnuda sobre sabanas de saten rojo. Un verdadero elixir.

Para ella aquel encuentro fue el primero en su vida; mas para 'el, ya era el septimo. Era un hombre demasiado volátil como para estacionarse perennemente en una misma pareja.

Las conquistaba, las amaba, y las abandonaba, nacio' para ser amado; no para amar.

Y como era un hombre bastante experimentado en el sexo, pudieramos decir entonces que virtualmente tomo' ventaja del partido. Decimos "virtualmente" porque jamas se vence a una mujer en la cama. A veces ellas fingen ser novatas en la materia, para ver que clase de combate ofrece el contrario.

— Has de saber amado mio, que jamas habia sentido tanto placer en mi vida, como la que he experimentado ahora contigo. Nunca pense' que el orgasmo fuera el elixir mas maravilloso de toda una existencia femenil. Debi haberte conocido mucho antes; eres un encanto en el sexo.— Aducia ella extenuada de pasion. En ese instante, ella se sentia de esa manera, no se podía begar que fuera asi, y era propicio que lo expresara de una forma romantica. Pero para un hombre como Filipo II de Macedonia que ya habia escuchado esas misma palabras otras veces en el talamo nupcial, no contenian ningun valor signifficativo. Simplemente se limito' a comentar.

— Nunca es demasiado tarde cuando la dicha es buena. No solo de pan vive el hombre; es menester pues gozar de vez en cuando de los deliciosos placeres que invita Afrodita —Agrego' 'el mientras acomodaba su almohada en la nuca y contemplaba el cielo raso de su lustroso palacio.

— Tal vez si te hubiera conocido mucho antes, — Agrego'.— no tuviera yo la destreza de tratarte con tanto amor como lo hago ahora. El buen vino mientras mas viejo es mas sabroso.

Al oír esto, ella se encimo' mas en su velludo pecho. Y le busco' en vano sus pupilas. El acababa de plegar sus parpados como un baluarte propicio.

— ¿Acaso esa "destreza" la aprendiste con otras mujeres mas activas en la cama?—Inquirio' Olimpia comenzando a desmostrar cierto apice de celos. Ya dijimos que era demasiado posesiva. No podía admitir competencia. Pero como ya dijimos que Fiipo II estaba entrenado en el amor, simplemente se limito' a contestar.

— No. Ellas no poseen esa caracteristica peculiar que tu' tienes. Tu' eres unica. Yo jamas habia conocido una mujer como tu'.— El estaba mintiendo, debia en ese instante que fingir.

— ¿Y cuantas mujeres tu' has tenido? — Investigo' ella cual si fuera un detective policial. Ansiaba asazmente averiguarlo todo sobre aquel hombre que iba a compartir su vida.

— En verdad tu' eres la unica relacion seria y formal que yo he tenido. — El vastago de Amintas continuaba falaciando; pero debia de ser asi. No podía otorgarle alguna información que le pudiera servir a ella en el futuro para usarla en contra de 'el. Conocia muy bien como operaban las hembras, lo averiguan todo para utilizarlo en el futuro en contra de 'el.— Los demas fueron matrimonios por politica, — Dijo. — asuntos de estado, tu' sabes. A veces es menester.

— ¿Estas seguro de lo que dices?— Fiscalizo' ella capciosa exhibiendo cierto mohin de incertidumbre en su deificada facie.

— Por supuesto, mujer. Nada consigo con mentir. Entre cielo y tierra no hay nada oculto. Yo estoy completamente seguro que esta charla tu jamas la vas a olvidar, y pudieras en un futuro usarla en mi contra. Asi es que, para que tanta interrogación en este sublime momento de indescriptible fruición. Bueno, cambiemos el tema de conversación. ¿Por casualidad tu' sabes algo del Vellocino de Oro?

A tal disonante interrogante, Olimpia no podía comprender como aquel hombre le hablaba de algo muy distante a aquel exaltado momento. Tal parecia que le habian echado un cubo de agua fria encima. Se cubrio' el busto con la fina sabana de sedas, y repuso lacónicamente.

— Si.

— ¿Dónde esta'? — Apremio' 'el en preguntar ensayando chocar con la vista de ella; pero ella rápidamente plego' los parpados, y sus iris oculares quedaron obturados.

— ¿Para que' quieres saberlo?

— Ese cuero dorado esta' lleno de poderes magicos. Necesito poseerlo.

Acababa Filipo de cometer un grave error; ya que desperto' enseguida la curiosidad de la princesa de Epiro.

— ¡No me digas! — Exclamo' fingiendo estar entusiasmada.

— Si.

— ¿Y cuales son esos "poderes magicos"?

— Si lo usas como almohada por 33 días consecutivos, te concedera' todo lo que pidas.

— ¡Alabado sea Zeus! ¡Que' interesante me parece todo esto!

— ¡Amen! ¿Dónde esta'?

— En la morada de mis padres.

— Debes obtenerlo para mi...

— ¿Y yo que' voy a recibir en cambio?

— Amor, mucho amor.

— ¿A cuantas damas de corto sentido, no les habras dicho lo mismo?

—Mujer, por favor, olvida el pasado. Solamente pertenecemos al presente.

— No te creo.

— Te lo juro por Poseidón, el que bate latierra.

— No jures en vano; puede ser que ese Dios beleidoso y arrogante, te castigue.

— Yo no invoco en vano a los inmortales del inclito Olimpo.

— Esta' bien. Veremos a ver si es verdad.

Se casaron pues Filipo II y Olimpia, y la boda duro' hasta el amanecer. Fueron convidados todos los familiares de la novia, y de igual modo los parientes de Filipo. Por asi decirlo, Amintas estaba contento con su nueva nuera, era griega, princesa, y bella.

Mas no asi sucedia lo mismo con Euridice, la madre de Filipo. Desde el primer momento en que la vio', experimento' una especie de abyecto impacto, que los espiritistas podrian calificar esto como una mala vibracion espiritual. En verdad, Olimpia no fue recibida animosamente por su suegra. Como quiera, ella no deseaba por ningun modo causar a su hijo alguna desavenencia que pudiera afectar su futura felicidad.

Empero, ella pensaba que esta nueva consorte, iba a tener el identico destino que las demas. Su hijo la gozaria por un lapso de tiempo, y luego la dejaria. Sin embargo, esta vez Euridice se equivocaba rotundamente al igual que todos los que pensaban como ella; porque Olimpia no era igual que las otras; no, ella era bruja, y varias veces se habia revolcado con aquel Vellocino de Oro para recabar la potencia magica que necesitaba para ser invencible.

Y como Olimpia no era tonta, tambien intuyo' que no fue bienvenida por su suegra; y por lo tanto ella era la segunda que iba a perecer, tan pronto se le brindara la oportunidad. Es decir, tratando de explicar de otra forma lo que acabamos de exponer aquí, en ese instante, Euridice estaba sentenciada a muerte.

Pero he aquí que el banquete nupcial se celebro' por todo lo alto. La crema y nata de toda la sociedad griega y macedonica, acudio' al festin ataviados con sus mejores galas. La comida desbordaba las mesas, y los coperos no cesaban de escanciar sabroso vino para que los comensales disfrutaran del agasajo.

Una musica suave hacia eco por todas las paredes del tapizado palacio, y varios arreglos florales adornaban y odorizaban la conglomerada estancia. Por su parte, Filipo II sentando en su mullido trono dorado, vestido de una tunica blanca de hilo fino, y una corona de laurel senida a sus sienes, semejante al propio Zeus, recibia la visita de sus mas distinguidos afiliados.

Uno de esos celebres personajes fue el famoso orador Isocrates, quien gozando de su reputacion universal, se vanagloriaba el mismo de escalar las altas esferas de la comunidad.

— ¡Salve Filipo, rey absoluto del universo! — Saludo' el declamador realizando un gesto de reverencia delante del soberano.—Ojala' el omnipotente Zeus te colme con infinita felicidad. Naciste para reinar y regir con cordura, esta vasta superficie terrenal que los hombres labran con munificente ritmo.

— ¡En hora buena, Isocrates! Es un ingente honor para mi, recibirte en esta senalada fiesta exuberante de insignes invitados. Nunca antes esta humilde morada recepto' tan luminaria personalidad como usted. Me siento asazmente honrado con su regia presencia.

—Muchisimas gracias, Su Majestad. El "honor es mio".

— Bueno, ¿en que' puedo serle útil?

— He venido hasta aquí, desarrollando un largo recorrido en representación de mi pueblo ateniense, con la humilde esperanza de que usted con su invencible falange, pueda guiar a mi gente hacia el Oriente, y derrotar a los persas de soberbio linaje una vez y por todas, para que no osen de nuevo invadir la inclita Grecia.

El rey de Macedonia quedo' pensativo por varios segundos, se rasco' la mano derecha con las unas de la izquierda, volteo' la testa hacia donde estaba el filosofo Platon que estaba a su lado, y le servia como asesor en los asuntos de Estado.

— ¿Qué usted cree de eso, maestro? —Le pregunto' Filipo a Platon. A lo que el profesor de filosofia respondio'.

— Yo soy de la opinión de que, antes de incursionar hacia el Oriente, una tierra arida infestada de pandemias, carente por completo de recursos naturales, costumbres domesticas, vayamos pues hacia el Occidente, mas alla' de las columnas de Heracles, a explorar la maravillosa isla de la Atlantida.

— ¿Qué es eso?—Intercedio' Isocrates ensimismado. No podía dar credito a lo que estaba escuchando.

— Es una isla super desarrollada tecnológicamente en el océano atlantico, a 33 días de navegación a partir de los pilares de Heracles, la cual fundo' el titán Atlas para sus vacaciones de verano. Según me dijo Solon el estadista, allí en aquella isla jamas se siente los rigores del invierno. Es un eterno verano. Osea, un verdadero paraíso.

— ¡Alabado sea Zeus!—Tercio' Filipo II, interrumpiendo la conversación.— tenemos que ir entonces para alla'.

El orador Isocrates se quedo' mudo. No sabia que aducir. No estaba de acuerdo con aquella determinación; pero no podía hacer nada. Se paso' la mano por la blanca cabellera, y se despidio' de los pesentes salundando cortésmente.

Mas el hado maldito que nunca descansa, observando desde lejos aquella dicha de Filipo II, no quiso castigarlo con pandemias, ni violentas guerras; sino que, solicitando los favores de Eros, tramaron una conjura, y flecharon al rey de Macedonia con saeta de doble filo.

En efecto, una joven bellísima nombrada Euridice al igual que la reina madre, trastorno' por completo los sentidos del hijo de Amintas.

Esta susodicha joven, era la sobrina de uno de sus mejores generales de guerra llamado Atalo.

La conocio' en la propia casa de Atalo, cuando ambos guerreros discutian en la mesa del comedor, ciertos nuevos artificios para la guerra. Algunos pudieran colegir que, quizas aquel encuentro podía calificarse como una agenda planeada con anticipación por la esposa del oficial, quien ansiaba en demasia emerger en la corte real. ¿Cómo era posible que una extranjera estuviera sentada en el trono de Macedonia?

Nadie lo sabia, nadie podía imaginarlo; pero lo cierto es que el encontronazo se dio', y ambos seres quedaron armoniosamente flechados por los deletereos arpones del maldito Eros. A ella no le importaba nada en lo absoluto, que 'el era casado, y mucho mayor en edad; y si a ella no le incumbia, mucho menos a 'el.

Cada vez que Filipo podía, inventaba algun subterfugio en su palacio para alejarse de Olimpia, y acudir velozmente a la morada de Atalo para encontrarse con la joven Eurudice. Aquella relacion clandestina ya estaba alcanzando dimensiones incalculables, y era sine qua non un paro inmediato.

Es menester aclarar aquí, que ya Olimpia habia parido un varoncito, el cual nominaron Alejandro. No quiso de ningun modo titularlo "Filipo". No. No deseaba escuchar para toda la vida aquel nombre; sus espias le habian informado que muchos vástagos bastardos de 'el, se nombraban "Filipo'; y como ella era unica, no deseaba por ningun modo, parecerse a las demas.

Pero Olimpia mientras estaba soltera procuraba mantenerse delgada y bonita; mas cuando dio' a luz a su vastago, el acidoso cronos comenzó hacer insalubre estrago en el masa corporea de su figura. Ya no se cuidaba tanto como antes, no le importaba la estetica corporal, comia desordenadamente, y le placia mas jugar con su crio que, acudir al gimnasio para vigorizar sus musculos.

Y por su parte, Filipo al encontrar una nueva ilusion, una carne tierna para su paladar, inicio' a faltar con mas frecuencia a su hogar; tal parecia que acostarse con su esposa, significaba el mas absoluto de todos los sacrificios. Ya no le gustaba. La repudiaba.

A la hora del coito, no respondia correctamente su miembro viril, y por mucho que lo Olimpia tratara de alentarlo, no conseguia la eyaculacion extrema. Todo esfuerzo resultaba esteril, y cuando un sistema no encuentra su dinamica, produce desde luego cierto descontento.

Y por supuesto, una mujer puede ser fea, gorda; pero jamas estupida. Quizas a veces jueguen un papel de tontas; pero es porque les conviene de esa manera para recabar de algun modo su objetivo.

Como quiera ya el sexto sentido de Olimpia que ese si lo tenia muy bien desarrollado, le intuia que se avecinaba cierto peligro por algun lado; y por su puesto que no se iba a quedar con las manos cruzadas. De inmediato, puso en marcha su equipo de espionaje.

No demoro' mucho tiempo en averiguar de donde venia el golpe fatal; y se mantuvo alerta por varios meses sin hacer ningun tipo de comentarios, y todo el tiempo mostrando una cara feliz a su marido y al publico. Mientras la "otra prostituta" no saliera en cinta, se le podía perdonar a su marido cierto desliz con otras concubinas.

Olimpia nacio' en cuna de oro, y se sentia muy por encima a cualquiera de aquellas arribistas que pretendian usurparle el trono. Se enorgullecia de ser griega. Su mayor objetivo consistia en criar

Alejandro. Y en el interin que el nino crecia, ella se encargaba de inculcarle que no era hijo de Filipo; sino del propio Zeus, rey omnipotente del Olimpo.

Ya aquí empezaba una conjura familiar en contra de Filipo. Resulta increíble que las mujeres carecen por completo de toda virtud; nada mas acunan una que es la de ser madre, y a veces, si, muchas veces, utilizan esta en contra del esposo. Ya dijimos que el marido simplemente es para ellas, un burro de carga.

He aquí que entre tanto 'el gozaba por alla', Olimpia tejia su urdimbre por aca'. Para ella el sexo habia quedado atrás, y al eliminar ese abyecto vicio de su mente, podía trabajar con mas eficacia sobre los asuntos de Estado.

Como no era tonta, no podía negar ella misma que por mucho que tratara de apartar la imagen de Filipo de su mente, volvia de nuevo aquel maldito nombre a retumbar sus oidos. Siempre se vanagloriaba de haberle puesto "Alejandro" a su hijo.

Pero tambien ella sabia fehacientemente que 'el no habia nacido para ella sola, y que debia disimuladamente cerrar los ojos ante sus descaros; no obstante, en este singular caso, no queria aceptarlo. Si la otra hubiese sido vieja y fea; tal vez no sintiera rabia.

Como quiera, le habia parido un hijo al soberano de Macedonia, y se creia con derecho a someterlo a sus antojos. Eso creia ella. No podía ser de otra forma, ella no deseaba que fuera de otra forma, ella no iba a hacerlo de otra manera.

Para la docencia de su retoño, ella misma mando' a buscar al filosofo Aristóteles, oriundo de Estagira, para que se encargara de educarlo perfectamente, quien por esos tiempos, ya comenzaba a separarse de la doctrina de su maestro Platon.

Esto le agradaba a Olimpia, quien no aceptaba a nadie en su currículum vitae que estuviera relacionado con su marido. Ese filosofo Platon le caia mal a ella. No lo queria alrededor de su retoño. Era sine qua non, comenzar de nuevo, dejar atrás lo obsoleto. ¿Y con quien mejor que con un discipulo renegado de este?

Y desde luego, no pudo hallar mejor maestro para su hijo que Aristóteles; ya que este iniciaba a despuntar como uno de los mejores pensadores de su epoca. De hecho, habia fundado su propia academia, y su personal filosofia.

Bajo este regimen de vida, el nino fue creciendo, y madurando, y cuando alcanzo' la dorada pubertad de los 16 anos, su padre fue asesinado por un esclavo desconocido, el cual habia sido contratado por Olimpia para cometer el horrendo crimen.

CAPITULO VI

Nadie podía dilucidar en aquel momento que, con la muerte de Filipo II de Macedonia, la tierra entera iba a trepidar de Norte a Sur y de Este a Oeste, bajo la egida de la terrible Olimpia. Todos sus enemigos, mas sus adversarios, iban a conocer perfectamente, la diferencia que existe entre gobernar y ser esclavo.

Lo primero que hizo fue pergenar tremenda recepcion fúnebre con todas las exequias apropiadas, para que los generales no sospecharan de que fue ella misma quien lo mando' a matar.

Se vistio' completamente de negro, una fina tela de encaje oscuro cubria su rostro, para ver y no ser vista, y lloro' fingidamente copiosas lagrimas sobre el feretro de aquel que un día la desfloro' de su virginidad.

Todo aquel que la veia, pensaba de verdad que se dolia por el obito de su difunto marido; pero no, no era cierto, es verdad que le gusto' como hombre al principio; pero ya no lo queria. Es mas, le estorbaba para sus futuros planes.

En su fuero interno, se alegraba en lo absoluto de aquella espontanea defuncion. La necesitaba para sus venideros proyectos. Para ella le servia 'el mejor muerto que vivo. Ya no sentia nada por 'el. Todo aquel amor carnal de mujer que sentia por Filipo II, lo habia transformado en amor maternal para su descendiente Alejandro.

Olimpia en medio de su teatro funebre, noto' que su rival no habia acudido al velorio, y despertando en ella, cierta sospecha de huida, ordeno' de inmediato, una embajada de asesinos que le dieran muerte donde quiera que estuviera.

En efecto, no tardaron en darle caza a la joven, y eliminada en el acto, junto con toda su familia. Nadie quedo' con vida. La ira de Olimpia no conocia limites. A partir de ese instante, toda Macedonia iba a arrepentirse de haber permitido a Filipo II, haber traido aquella sierpe de Epiro.

Lo primero que hizo después de haber enterrado a su marido fue, asegurar la corona imperial a su hijo Alejandro; y para ello, llevo' a cabo una solemne ceremonia de inauguración aulica, donde todos los presentes hipócritamente vitorearon al nuevo hegemon.

Ella misma le coloco' la corona en las sienes del joven, y en sus espaldas le puso aquel reputado Vellocino de Oro que tantos problemas ya de por si acarreaba.

Para tal evento fue invitado especialmente, el excentrico declamador Demostenes, quien comenzaba a despuntar por aquellos tiempos como uno de los mejores.

— No en balde, — Exclamo' el declamador ateniense en voz alta frente aquel conglomerado popular.—los dioses magnanimos del Olimpo, se han dignado polarizar acuciadamente su maxima disposición en honrar con la esplendente aureola de la gloria, al honorable Alejandro, eximio vastago de Olimpia oriunda del Epiro, de inclito linaje. Huelguense los pudicos habitantes de esta sagrada tierra, receptar con infranqueable orgullo la nueva era que se aproxima. Una epoca de paz y prosperidad para todos los ciudadanos de esta comarca. No faltara' mas el trigo, ni la cebada; ya que lo vamos a traer de Egipto, fecunda tierra en granos, ni tampoco el arroz pues se importara' desde la lejana China. Todos viviran como los dioses del nevado Olimpo.— Al oír esta falacia, muchos enarcaron las cejas, preguntandose en su fuero interno, "¿cuanto le pudieron haber pagado a Demostenes por proclamar aquel insulso discurso? Mas a todo esto, el celebre orador prosiguio'.— Es ingente menester, por tanto, invocar a las virginales Musas del Helicón, para que mi subjetiva lectura arribe a sus delicados oidos en agraciado tono sin causarles ningún tipo de molestia. Jamas se volvera' a ver en toda la historia de la desaprensiva humanidad, un longanimo regimiento como el que se prepara a desempenar Olimpia, la nueva emperatriz del mundo conocido.

— ¡Alabada sea Olimpia! — Todos los presentes vitorearon al unisono. Y pobre de aquel que no expresara su jubilo natural; pues ya imaginaban que les sucederia.

Como los espias de Olimpia le habian informado que Filipo habia sido instruido por el filosofo Platon para incursionar hacia la Atlantida, 'esta decreto' que su hijo Alejandro al frente de la invencible falange macedonia, se dirigiera hacia el Oriente a destruir el imperio persa.

Esto fue lo que ella finalmente dictamino' como plan a seguir sin contar previamente con el concejo de ancianos del agora. Le temian tanto que, nadie se atrevia a protestar. Y si alguien lo hacia, amanecia muerto al otro día con la boca llena de hormigas.

Jamas se habia visto en la historia de Macedonia, una mujer mas energica y sanguinaria que aquella. Según contaban sus damas de corte, se acostaba todas las noches con una enorme serpiente macho, la cual creia que era el propio Zeus quien la abrazaba y la poseia por largo rato.

Allende a todo esto, contaba con un equipo de encantadores de viboras de todo tipo, los cuales le preparaban los mas letiferos venenos. Y ella para tambien cuidarse de sus enemigos encubiertos que todo el tiempo se manifiestan solidarios, disponia de un esclavo que le probaba todos los alimentos delante de ella.

Muchos la comparaban con la soberbia Hera, y esto no le incomodaba; al contrario, le gustaba semejarse a los dioses olimpicos. No olvidemos que su propio nombre provenia de aquella zona deificada.

Asi es que, mientras tanto su hijo Alejandro arrasaba con los pueblos en el Oriente, ella aca' en el Occidente hacia de las suyas. Pero conociendo inexorablemente que nada es perfecto en esta vida, las Parcas del Destino ya le estaban tejiendo su sudario personal, para que se transportara al otro mundo de una manera correcta y decente.

Fenecio' asfixiada, nadie podía comprenderlo; excepto los nigromantes que dedujeron que ella habia muerto de esa manera, debido al aniquilamiento de la enorme serpiente que dormia con ella. El espiritu del tal ofidio, la estrangulo'.

Grecia entera celebro' aquel obito como si hubiera sucedido una feria nacional. El publico se manisfestaba contento de haberse desasido de aquella bruja inclemente. Y se preparo' un nuevo plan para eliminar tambien a su vastago Alejandro. Era sine qua non, acabar de una vez y por todas con aquella mala sangre.

Mas cometer el asesinato de Alejandro no resulto' empresa difícil; era muy adepto a las grandes comilonas y exceso abuso del vino. Un veneno lento; pero eficaz, acabo' sus días.

Y aquel enorme imperio que un día fundo' a golpe de espada Filipo II de Macedonia para revivir los valores sociales y politicos de la antigua Grecia, fueron todos a parar al fondo permeable del saco siniestro de la historia.

Todo aquel gobierno se repartio' entre sus 3 generales mas sacrificados en la guerra, y el famoso Vellocino de Oro, cayo' en las manos del oficial Ptolomeo Soter, de quien se murmuraba por doquier, que era hijo natural de Filipo; pero debia mantenerse en absoluto secreto por temor a la ira terrible de Olimpia cuando vivia.

Dado a que Ptolomeo Soter controlaba la zona de Egipto, 'este fundo' allí su propia dinastía. No quiso volver mas a Grecia, y establecio' allí un sistema unico de economia, basado en la perfeccion de la agricultura.

En honor a su hermanastro Alejandro, construyo' una gigantesca ciudad, a la cual nomino' Alejandria, cuyo puerto maritimo, recibia a todos los buques que surcaban el mar mediterraneo. Se elevo' allí el faro mas grande del planeta, y se instalo' la biblioteca mas surtida de mundo.

Esta familia dinastica fue pasando su poder y aquel famoso Vellocino de Oro de una descendencia a otra, hasta que llego' a las manos de una mujer soberbia llamada Cleopatra. En este caso, como en todos los de la humanidad, las mujeres lo destruyen todo.

Son por naturaleza, rompedoras de armonia. No conocen la fidelidad, ni la moral, estas son palabras raras para su vocabulario individual. Muchos artistas las semejan con serpientes; pero en realidad, acaparan todas las caracteristicas naturales de todos los animales de la selva.

Poseen la melena del leon, los ojos de lechuza, la nariz de perro rastreador, la boca de hiena que hasta los huesos trituran, el cuello de jirafa, las tetas de gorila, los brazos de pulpo, y desde la cintura para bajo, son una anaconda.

Resulta definitivamente imposible para un hombre que es similar a un burro, contender con esta terrible esfinge de la tierra. Desafortunadamente para esto nacio' el hombre, solamente para halar la carreta de la familia, y recibir como compensación el pinchazo del agudo aguijon.

¡Oh, deleterea mujer!
Fue hecha para el castigo,
Para el rico y el mendigo,
Que la quiso poseer.
Abusiva en el placer,
Villana en el lecho umbrio,

Inmoral hasta el hastio,
Y demasiada letal,
Mentirosa y desleal,
Con la voz de acento impio.

CAPITULO VII

Volvamos entonces a tomar de nuevo el hilo de la historia, para poder tejer la trama que queremos. Ya dijimos que esta dinastía ptolemaica paso' su control de una generacion a otra, debido a que se casaban los propios hermanos entre ello mismos, y muchas veces con los primos; según las circunstacias lo apremiara.

Y por supuesto, a la bella Cleopatra, la maridaron con su cosanguineo Ptolomeo III de Alejandria, el faraón de todo el Egipto en aquel momento. Aparentemente todo marchaba bien en aquel periodo, hasta que arribo' a la corte de Alejandria, un profugo de la justicia romana.

No lo hemos dicho, pero Roma, la capital de la peninsula italica, emergia como la potencia hegemonica de todo el ecumene.

Aunque si bien este gobierno como un sistema de republica se regia por las decisiones electorales de un senado, existia un general de guerra llamado Julio Cesar, quien desde su montura a caballo, arrasaba con los campos de Europa, y paulatinamente se fue convirtiendo en emperador del imperio romano.

Ya de hecho habia terminado con todos sus adversarios, y solamente le faltaba Pompeyo, quien se dirigio' huyendo de Roma a Egipto en busca de asilo politico. Allí llego' Pompeyo pidiendo ayuda a Ptolomeo III.

— ¡Salve, su Excelencia! He recorrido varias leguas maritimas, procurando recabar esta magnanima tierra que según he escuchado, sirve de refugio a todo aquel que huye desesperado de la muerte.

— ¡En hora buena forastero! Acabas de arribar a la tierra mas hospitalaria que ojos humanos hayan visto.

— Muchisimas gracias, su Merced. Es incalculable el grado de contento que se obtiene cuando se tiene sed y hambre en una hospitalaria region.

— No te preocupes por nada, ahora mismo ordenare' a mis hombres que te ofrezcan la hospitalidad que merece un forastero; pero primero dime, ¿quien eres?

— Mi padre me puso Pompeyo; mas el nombre que me cuadra ahora es "desgraciado".

— ¿De donde vienes?

— De Roma, la capital del mundo conocido.

— ¿Eres patricio o plebeyo?

— Soy patricio, del linaje de Apolo. Es una ingente vergüenza, verme ahora en este estado tan deprimente perteneciendo a una familia de sangre azul.

— No te ofendas por la abyecta situación actual en que te sumerges. Todos en la vida experimentamos reveces de lastimosisimo duelo. Ahora bien, seras atendido con todo el honor que mereces.

— ¡Alabada sea Isis! Como madre debe cuidar por todos sus hijos en la tierra. — Expreso' Pompeyo su mas sincero sentir.

— ¡Así es!

Dicho esto, el monarca egipcio ordeno' a sus criados que alojaran a Pompeyo en la ultima recamara del palacio para que nadie lo viera.

Por si fuera poco, ya Ptolomeo III se habia enterado que Julio Cesar venia tras los talones de Pompeyo, y quiso por tanto, mostrarse complaciente ante el nuevo dictador de Roma. Para ello, Ptolomeo III le brindo' a las tropas de Julio, comida, bebida, y leal vasallaje. Y por si fuera poco, le hizo un regalo muy especial a su nuevo patron.

No bien los 2 hegemones estuvieron uno frente al otro, y después de haber realizado los oficiales saludos, Ptolomeo III le presento' sobre una bandeja de plata, la cabeza decapitada de Pompeyo.

Al ver esto, Cayo Julio Cesar sintio' una especie de repugnancia por aquel faraón egipcio. No esperaba ver a su antiguo amigo muerto en aquella injuria. Deseaba vencerlo cuerpo a cuerpo como los "magisters militum" de alto rango, no como un vil esclavo.

Incontinenti, sin poder cohonestar su ira, decreto' a sus hombres que eliminaran a los que habian cometido aquel horrendo crimen, y despojo' de su trono al joven faraón.

La joven Cleopatra al enterarse de que el trono estaba vacante, que su hermano y esposo a la vez, habia sido destituido del cargo, realizo' rápidamente una maniobra eficaz que ha quedado para la historia en la pluma de los exegetas y en las escenas teatrales.

Al preguntar el Cesar de Roma, ¿donde estaba la reina?, los eslavos del palacio acarrearon una alfombra persa enrollada; la cual al desenvolverla delante del mandatario italiano, apareció Cleopatra ataviada de un atuendo de hilo fino transparente.

Aquella cara afrodisiaca y aquel cuerpo esculpido con manos de Hefestos, dejaron a Julio con la boca abierta. A la sazon, 'el contaba con unos 52 anos, y ella 26. Le doblaba la edad; mas no la inteligencia. Las mujeres son mil veces mas astutas que los hombres por mucha ventaja.

El estaba avezado a las campanas belicas; mas no a los embates del amor. Cleopatra poseia un don natural en la voz que, la modulaba con ciertos acordes acusticos según la circunstancia que lo apropiara. Semejaba a un de las sirenas de Homero; tal modulacion de voz la acompanaba con un mohin pueril que sin dejar de causar el efecto deseado, presentaba la sensación de adquirir el objetivo senalado.

Se puede adiestrar a cualquier hombre a manejar eficientemente la espada y el escudo; ¿pero como se podria instruirlo en el arte de amar, cuando la astucia natural de una mujer es mil veces mas aguda que la de un hombre?

Un ejercito entero podria conquistar una nacion; empero, una sola mujer puede destruir un ejercito, y tambien una nacion.

Hele ahí al Cesar que al ver aquella escena, trepido' de pies a cabeza. Y tal flechazo de amor, no pudo disimularlo; y por supuesto, sus soldados notaron enseguida aquella inusitada reaccion en su general de guerra.

Y lo peor de todo es que no reparando en tal desliz; ipso facto, mando' a que salieran de la sala todos los presentes; y solamente dejo' un sirviente para que escanciara vino rojo en 2 copas de oro.

He aquí que la faraona egipcia al verse embutida en su propicio elemento, relajo' sus musculos faciales, y aquellos ojos verdes aparecieron con mas luz rutilante delante del emperador romano.

— Por favor, toma asiento. — Le exhorto' el heroe de las Galias indicandole con la mano derecha. Ella obedecio' y se ubico' en un mullido canape' de terciopelo rojo. Cruzo' la pierna derecha, y la mitad del muslo quedo' al descubierto. No se habia lavado por 2 días, y cierto olor a estro vaginal, emanaba de aquella humectada grieta. Julio Cesar fingio' no mirar para ahí; pero ya su refinado olfato, estaba controlado.

— Gracias.— Repuso ella esbozando una dulce sonrisa.

.— ¿Cómo te llamas?

— Cleopatra, del linaje de Ptolomeo. Soy la primera faraona de Egipto.

— ¡Que' bien! — Expreso' el Cesar cabeceando positivamente.— ¿Sabias que tu pais esta' ahora en estos momentos bajo la hegemonia de Roma?

— ¿Me lo preguntas, o, me lo estas informando?

— Te lo estoy diciendo.

— ¿Y que' yo debo hacer?— Cuestiono' ella encogiendo sus marfilenos hombros.

— Simplemente obedecer. — Repuso Julio observandola detenidamente.— Dicen los griegos que: "no sienta bien al que esta' abajo, ser soberbio con el que esta' arriba".

— Yo tambien soy griega. El fundador de la dinastía a la que pertenezco, era hijo de Filipo II de Macedonia. Medio hermano de Alejandro Magno.

— ¡Alabado sea Júpiter! —Exclamo' el romano con tono acentuado al unisono que expandía las cuencas opticas en exoftalmia.— ¡No me digas!

— ¡Amen! Por mis venas circula sangre regia de alta alcurnia. No pienses que porque me veas ahora en estas fachas, soy una simple mujerzuela de la plebe. Mi padre me crio' con las mejores condiciones, y fui educada por los mas celebres maestros. Hablo 7 idiomas, conozco perfectamente la astronomia egipcia y griega de Aristarco de Samos, las matematicas de Euclides, la poesia de Homero, y la interesante filosofia de Platon. Canto dulcemente los ditirambos de Safo, y pulso la lira a la perfeccion, usando la octava nota del divino Pitágoras.

— ¡Alabado sea Martes! Impresionadisimo me tiene tu elocuente inteligencia. Nunca me habia encontrado con una mujer como tu'.

— ¡De veras! ¿Acaso no hay mujeres inteligentes en Italia?

— Eeehhh, si debe haberlas; pero yo no me las he topado todavia. Todo el tiempo ando en campana beligerante, y no puedo disfrutar de mucha estancia en mi pais.

— ¿Y tu esposa?

De momento, aquella pregunta no encontro' la respuesta deseada. Cesar antes de contestar, hizo hermetico silencio. Ya 'el flotaba sobre las nubes del olvido con aquella improvisada conversación; y esta intempestiva cuestionante, lo saco' de su febricitante concentración en la que se hallaba sumido anteriormente.

— No, ella no se dedica a la intelectualidad. — Replico' lo primero que se le vino a la mente.— Es ama de casa, y solamente se limita a los quehaceres del hogar.

— ¿Y por que' usted no la ayuda a recabar puesto en el gobierno?

— El Senado de Roma es muy exigente y bastante capcioso. Están envueltos en la intriga, la conspiración, y el asesinato.

— ¿Usted no les teme?

— Siento pavor cada vez que los veo. — Repuso Julio reclinado la testa hacia atrás, al tiempo que contemplaba aquel precioso cielorraso.

— Yo soy vidente espiritual. Te puedo adivinar tu futuro si me permites concentrarme y entrar en trance. Esto te ayudara' en lo venidero.

— ¡Alabado sea Hermes! Tu' me pareces una caja de Pandora. ¿De veras conoces de esas cosas?

— Si.

— Bueno, esta' bien, ¿dime a ver que' presagias?

— Pero con una condición...

— ¿Cuál?

— Si en el momento que entre en trance, te confieso ciertas cosas malas que no te agradan, por favor, no me hagas dano alguno; porque no soy yo la que predice. Es un espiritu divino del otro mundo el que habla por mi.

— ¿Y como podria saber yo si ese "espiritu" es benigno o maligno?

— Muy buena pregunta. Si te dicto el augur en versos octosilabos, te estoy diciendo la verdad; de lo contrario, no me creas. Porque un espiritu maligno no puede recitar en poesia. El verso es sagrado, oriundo de las Musas del Helicón.

— Esta' bien. Te lo prometo.

En ese momento, Cleopatra se pone de pie, cierra los ojos, pega los codos a los laterales de su torneado cuerpo, abre ambas manos, y comenzó a invocar sus almas prodigiosas del mas alla en su lengua materna.

A la hora que resulto' conmovida por una energía superior desconocida, invisible, y poseyo' toda su envoltura corporea, inicio' a vaticinar en consonantes ditirambos.

— ¡Oh, Cesar, desventurado!

Vencedor del Rubicon,

Por cierta conjura en accion,

Tu' seras asesinado.

Tu puesto sera' usurpado,

Por cuatro filibusteros,

Mas que todo, pordioseros,

Que viven en mezquindad,

Son hijos de la maldad,

Viles, ruin, y traicioneros.

Al oír esto, el emperador romano no quiso escuchar mas, y agarrando a Cleopatra de las manos, la desperto' de aquel enigmatico letargo en que se hallaba profundamente adormecida. Jamas habia sido consultado por ningun espiritu divino. Aquello lo dejo' un tanto ensimismado; pero la belleza irreparable de Cleopatra lo arranco' al fin de aquella rara obnubilacion en que se hallaba sumido.

— Despierta, ven, vamos.

— ¿A dónde?

— Al lecho marital.

— ¿Para que'?

— Deseo infinitamente hacerte mia.

— ¡Alabada sea Isis!

Ella lo acompano' obedientemente, no queria ser indisciplinada, tampoco le pregunto' que' le habia presagiado cuando estuvo en trance; y 'el mucho menos se lo dijo. En realidad, no creyo' en aquel estado de hipnotismo. Julio era lo bastante practico como para detenerse a cavilar sobre asuntos esotericos.

CAPITULO VIII

Y de esta guisa, ambos disfrutaron del amor a plenitud sobre sabanas de saten rojo. El sabroso vino procesado en las antiguas destiladoras de Cipres, estimulo' en ellos un raro efecto que les hizo perder la nocion del tiempo. El siempre creyo' que era descendiente del mismisimo Ares, y ella de Afrodita.

Después de aquella noche hubieron muchas mas, hasta que Cleopatra quedo' embarazada. La noticia circulo' por todo el orbe hasta que llego' a los oidos de los senadores de Roma, los cuales no podían concebir que un emperador romano, mezclara su regia sangre con una plebeya extranjera. Ellos creian que Julio estaba en Egipto controlando el pais, no que fuera seducido por su regente.

Aquello fue la gota final que colmo' la copa de la indignación para el gobierno romano. De inmediato se reunieron los senadores en un emergente simposio, y acordaron todos por voto unanime que Julio debia regresar cuanto antes a Roma a exponer públicamente ante el Senado, todo el argumento en su favor que lo librara de todo perjuicio.

De hecho se le acusaba de alta traicion a la patria, ya muchos lo consideraban enemigo publico, y solamente se podía pagar esta pena con la muerte, si acaso no ganaba el litigio en su contra. Sus seguidores no podían concebir la idea de que se haya desquiciado por una extranjera, habiendo en Roma tantas mujeres hermosas.

A todo esto, Julio penso' que no habia cometido ningun error, su conciencia se manifestaba limpida, no tenia por que' temer a la ley. Su expediente militar lo avalaba, en fin de cuentas 'el era el emperador; por lo tanto preparo' velozmente su equipaje, y retorno' a la capital italiana a enfrentar la situación.

La despedida con Cleopatra sucedió bastante emocional, ella no cesaba de llorar, sus gemidos quizas mero podían alcanzar los oidos de la diosa Isis; tampoco no podemos decir en verdad que ella lo amaba apasionadamente; pero si sentia junto a 'el esa cierta seguridad que produce alguien superior en compania. Y esto, a veces les cuadra muy bien a las mujeres.

He aquí que para remediar aquel pleito legal, la pudiente familia de Julio Cesar habia contratado al edil y famosisimo abogado Marco Tulio Ciceron, hombre ducho en el arte de la oratoria. Sabia explicar como nadie, todos los argumentos que debieran defender al acusado; si bien no era muy simpatizante del emperador; ya que lo caracterizaba bastante despota, debia por tanto servir de legislador en aquel litigio, pues para ello lo habian firmado.

Es sine qua non aclarar aquí que, Marco Tulio Ciceron habia nacido en el campo, en el seno de una familia pobre; en cambio, Julio era descendiente de una de las familias mas ricas de Roma. Ambos tenian diferentes crianzas, distintas costumbres, desiguales ideologias; pero la sabia educación los equilibraba.

— Honorables señores del Supremo Magistrado. — Ululaba Tulio de pie en medio de la sala judicial delante de un podium de madera de cedro tallada en el Libano. Habia recogido la parte inferior de su tunica blanca, y la habia colocado sobre el hombro izquierdo y observaba recto a los magistrados. Todos sus gestos lucian profesionales. Era un verdadero actor en la oratoria.— Aquí estoy de nuevo tratando de exponer ante esta honorable corte, IN FORMA PAUPERRIS, la idonea defensa que merece el eximio emperador, Cayo Julio Cesar, general integro y transparente en la vida cotidiana de la civilización italiana. Se le ha citado aquí hoy para ser acusado de quebrantamiento de la ley romana, abuso de poder, y obstrucción de justicia. Pero lo mas triste de todo es que se le injuria como traidor a la patria en un tratado QUID PRO QUO con la reina de Egipto. Yo no opino lo mismo; por ello estoy aquí ahora para tratar de convencer al distinguible jurado de esta prestigiosa corte, que todo anatema en contra de mi cliente, es completamente falso y falto de enjundioso argumento. La sola idea de que una cosa cruel pueda ser útil, es ya de por si, inmoral y significativamente injusta. — Dictaba Tulio Ciceron delante de los magistrados que presidian el juicio contra Julio, el cual ya habia regresado de Egipto, para encarar cierta acusacion por abuso de poder en contra del codigo militar romano. — No se debe amonestar a un oficial en publico, sin haber concebido su autentica autoridad de defensa. ¡Ojala mi cliente hubiera sido capaz de soportar la prosperidad con mayor autocontrol, y la adversidad con mayor energía! Mas debido a la constante influencia de los funcionarios publicos que no cesaban de pedir favores para satisfacer a sus hermosas concubinas, deberian pues ser ellos los detenidos, y no nuestro emperador que ha elevado a Roma hasta la mas alta cima de la prosperidad y la dicha. Un buen regente rige a su pueblo desde la montura de su caballo; no sentado en el trono de su castillo. Nadie jamas ha desempenado este papel como mi cliente. Los hechos son los que hablan, no las palabras. ¿Quién puede aquí replicar lo contrario?— Surgio' aqui un hermetico silencio, a lo que Ciceron prosiguio'.— Deberian los dioses del Olimpo, cuando suceden estas conjuras, acudir de inmediato en auxilio del condenado. Ya que resulta harto difícil a un simple abogado como yo, convencer al jurado de que la verdad se impone y la luminosa probidad deberia reinar por toda una eternidad.

Todos los integrantes del jurado hicieron solemne mutismo; a lo que Ciceron se sirvio' de la oportunidad para culminar su alegato, y pedir total exoneración de su cliente.

Ipso facto, Cayo Julio Cesar fue unánimemente liberado de todo cargo; y no bien culmino' la sesion, se levanto' de su sitial, se despidio' de su abogado, y ya cruzaba uno de los pasillos acicalados del capitolio romano, cuando 4 asesinos lo emboscaron, y lanzandose como famelicos leopardos, le dieron segura muerte.

La noticia de su asesinato recorrio' todo el mundo conocido, y llego' a Egipto donde la faraona Cleopatra permanecia embarazada a punto de dar a luz al futuro heredero al trono de las 2 naciones.

Las desagradables noticias cuestan mucho trabajo creerlas a primera instancia. Esto fue lo que le sucedió a la reina de Egipto. Enseguida culpo' a la esposa legitima de Cesar, pues sabia muy bien que solo una mujer era capaz de cometer tan horrendo crimen.

Al comprender la cruda realidad que la embargaba, Cleopatra entendio' perspicuamente que acababa de quedar sola sin proteccion alguna. Jamas habia pensado en esta triste situación, todo ocurrió tan repentino, tan favorable para ella, que no le dio' tiempo a prepararse para el reves. ¿Qué hacer ahora?

Lo primero que penso' hacer fue, viajar a Roma. Debia declararle al Senado que esperaba un hijo de Cesar, que este crio seria la alianza indisoluble de los 2 reinos. Pero por otra parte, este plan podria desmoronarse debido a que ella no era romana.

Muchas ideas fluctuaban en su perturbada mente; mas detrás de todas estas conjeturas, asomaba el rostro de la esposa de Julio que nunca iba a aceptar a un bastardo como heredero de la corona.

Después de concentar las ideas en su alborotada cabeza, ordeno' a sus esclavos que le buscaran una mujer semejante a ella, y que los ayos la entrenaran en las costumbres de la corte. Y mientras esto sucedia, ella daba a luz a su primogenito, al cual nombro': "Cesarion" en honor a su difunto marido.

El infante fue creciendo rapidamente, entre tanto ella pergenaba todo su equipaje para viajar a Roma, la capital del mundo conocido en aquella epoca. Sus espias siempre la mantenian informada sobre la situación en Italia.

A la sazon, se habia enterado que un sobrino de Julio, llamado Octavio, acababa de nombrarse emperador, y a la sazon preparaba una gran expedición militar para marchar contra Egipto, y luego trasladarse a Damasco en Siria, para arreglar cuentas de honor con un general romano llamado Marco Antonio, un aventurero, un galan de teatro, que habia seducido a la hermana de 'este, bajo el sagrado juramento de casamiento, y no habia cumplido con su promesa.

De igual forma, Cleopatra se habia informado que probablemente este tal Octavio finalizara con Marco Antonio primero y mas tarde se trasladaria a Egipto para enjuiciar a Cleopatra, y a su hijo por pretender apoderarse del trono vacante de Julio. Como quiera, la situación parecia alarmante.

Asi es que, no bien Cesarion cumplio' los 3 anos, embarco' Cleopatra con 'el en una nave velera protegida por un pequeño sequito, pertrechada con una suma cuantiosa de dinero en oro, oculto entre las tablas de la embarcación, iban con derrotero a Roma.

Y desde luego, cargo' con ella su Vellocino de Oro, patrimonio familiar para la buena suerte. Aquel cuero peludo y sagrado, debia proporcionarle la suerte deseada para obtener su objetivo.

Habia dejado atrás a su similar nombrada Hypatia, para cuando Octavio desembarcara en Egipto, y la viera, creyera que era la misma Cleopatra en persona y fuera burlado. Todo habia sido planeado con antelación, para cuando ocurriera ese momento.

De esta guisa, posterior a 13 días de navegación, Cleopatra desembarco' en Caulonia, un seguro puerto de Crotona, la parte sureste de Italia. Allí se instalo' en la casa humilde de una viuda nominada Celina. Para su suerte, Octavio todavía no habia emprendido ninguna expedición beligerante.

Al otro día, envio' a uno de sus acolitos a que contactara con el super abogado Marco Tulio Ciceron, y le dijera por favor, que viniera a su encuentro que deseaba a ultranza, entrevistarse con 'el en privado.

A poco el edil supo de la exhortacion, recepto' 2 monedas de oro, un caballo de ferviente sangre, y acudio' presto al encuentro de la viuda en agitado galope. Desmonto' presto de la bestia, la amarro' frente a la puerta de aquel desmantelado bohio, y paso' al interior de la choza donde lo aguardaba la ex regente de Egipto.

— ¡En hora buena, señora! — Saludo' el erudito en leyes, ejerciendo cierta reverencia formal delante de la egipcia, la cual estaba sentada, y en cuyas piernas retozaba el inquieto Cesarion.— Me digno de ser Marco Tulio Ciseron, un humilde servidor.

— ¡Buen día, caballero! Muchas gracias por venir a mi encuentro.

— Por nada, señora, creo a ciencia cierta que el supremo deber de todo honesto legislador es, acudir sin presuncion, ni demora, allí donde la maldad impera y el peligro amenaza a la gente en desgracia para que puedan ser auxiliadas en el momento preciso. ¿Y se puede saber para que' soy bueno?

— Usted acaba de decirlo, señor, soy victima en estos momentos de la mas cruel de las situaciones imperantes que pudiera ocurrirle a un ser humano.

— ¡Alabado sea Júpiter! — Exclamo' el ducho en leyes, alzando las cejas, y ampliando las cuencas opticas en exoftalmia.— ¡Que' exordio es este que infunde pavor!

— ¿Usted sabe quien soy yo?—Pregunto' la dama con cierto acento capcioso. Su mirada era profunda.

— No, señora. Adivino seria preciso ser para saberlo. Me dedico a las leyes, no a la nigromancia. Pero, por el acento de su lengua, me imagino que eres extranjera.

— ¡Exacto! Antes de informarle quien soy yo, quisiera rogarle por favor que guarde usted cuidadosamente mi secreto.

—Señora, por favor, el supremo deber de todo abogado, es ser honesto en cualquier momento, muchos hay que no cumplen con esta regla; mas le juro por Pluton que reside en los abismos de la tierra, y gobierna con extrema equidad, los asuntos del mas alla, que cualquier arcano que usted me comunique, sera' sometido a la mas estricta impermeabilidad.

— Muy bien, gracias. Yo soy Cleopatra, la reina de Egipto, y este chiquillo que ves aquí, es Cesarion, el vastago de Julio Cesar, el difunto emperador de Roma.

— ¡Alabado sea Urano! —- Respingo' Tulio ampliando aun mas los ojos, al tiempo que quedaba con la boca abierta. Por supuesto que no podía creer lo que estaba escuchando. ¿Cómo iba a estar allí el hijo de Julio Cesar en aquella pocilga? ¿Se habra' vuelto loca esta extranjera? Acto seguido, contemplo' al nino detenidamente tratando de hallar en 'el, alguna impronta de la familia de Julio. En efecto, aquel infante se parecia bastante al difunto emperador. Y a todo esto se sumaba la noticia de que Julio tuvo un retoño con la egipcia; ¿pero sera' esta la verdadera Cleopatra?... Porque en Egipto habia otra. Y 'esta con esa presencia tan harapienta, y tan desfachatada, no parecia ser de regio abolengo. Marco Tulio permanecio' vacilante por algunos segundos, luego cuestiono'.

—- ¿Y como puedo saber yo que lo que me cuentas es verdadero?

— Muy fácil. ¿Tu' has oido hablar de Cleopatra?

— Un poco; pero nada bueno se comenta de ella en Roma. Mejor prefiero hacer hermetico silencio.

— Eso no importa ahora. Ya me entere' que me tildan de prostituta, de bruja, y de muchos motes mas. Toda mujer en cierto momento lo es; depende de las circunstancias en que se encuentre. En realidad no soy una Hera, ni mucho menos una virtual Penélope; pero soy realista y asumo todo aquel papel que se me asugne.

¿Sabias que Cleopatra es descendiente de la familia Ptolemaica de Grecia?

— No. Yo pensaba que era egipcia.

— Bueno, en realidad, yo naci en Alejandria; pero mis ancestros son griegos. El primero de ellos, Ptolomeo I, era medio hermano de Alejandro Magno, vastago de Filipo II con una princesa escita, y mi ancestro fundo' la ciudad de Alejandria en honor a su cosanguineo. Su hijo Ptolomeo II, emprendio' la reforma de las letras y las artes, construyendo la biblioteca mas eficiente del planeta.

Al oír esta ultima palabra "planeta", el erudito en leyes entro' en otra especie de ensimismamiento. Unicamente la gente culta mencionaban este vocablo. Tras lo cual refirio'.

— Pareces demasiado versada en estos indices de sabiduría. No es muy comun hallar una mujer que entienda estas cosas y mucho menos en esta vigente situación.— Adujo Tulio paseando su aguda mirada por su alrededor donde la miseria abundaba.

— Conozco la astronomia de Aristarco de Samos, la filosofia de Pitágoras, la elocuencia de Pindaro, y la poesia de Homero. Y por si todo esto te fuera poco, tengo en mi poder el famoso

Vellocino de Oro, el que trajo Jason de la lejana Colquide.

— ¡Alabado sea aquel toro que monto' Europa! Ese es un tesoro incalculable.

— ¡Amen!

—Ya poco me interesa tu identidad, ni mucho menos tu linaje. Tu grado cultural, anega todos esos apendices. ¿En que' te puedo ayudar?

— Quiero que mi hijo sea reconocido por el Senado romano. Es el unico vastago legitimo de Julio.

— ¡Alabado sea Pluton! Eso es imposible. — Replico' Ciceron dibujando en su rostro una horrible mueca de espanto. ¿Tu' quieres que me aniquilen como lo hicieron con 'el?

— Para una mujer nada es "imposible". Nosotras creamos a los hombres para que conquisten el mundo. Si tu' defendiste a mi difunto marido en apretado juicio, tu' puedes ahora auxiliar a su hijo.

— ¡Alabado sea Cronos! Por ello me odia el Senado, porque defendi a Julio. Ya ves que lo asesinaron. Si ahora me presento allí otra vez con este muchacho, nos mataran a los 2. Por favor, dejame pensar a ver que' puedo hacer por ti. Lo que me estas exhortando es demasiado delicado en este momento.

— Por favor, que sea rapido. Estoy desesperada.

— ¡Uuuuhhh! Ustedes las mujeres siempre están apresuradas. Ese es el mayor problema de ustedes, que no piensan en las segundas repercusiones del asunto. Este es un tema muy serio. Su esposa Calpurnia, no va a tolerar que le usurpen la regencia a su descendiente natural. Ya tiene planeado acomodar a su hijo Augusto en el trono.

— Pero ese arribista no es hijo legitimo de Julio.

— No importa, 'el lo adopto' como suyo. Es una enorme estupidez de los hombres cargar con los vástagos de otros hombres, simplemente por el hecho de acostarse con la madre. Son capaces de todo, no solo criar a esos bastardos; sino tambien cuidar a todo el resto de la famila. Despúes del hijo te traen a los padres, luego a los hermanos, y asi sucesivamente hasta el perro. Cuando vienes a darte cuenta, es una carreta repleta de gente, y uno solo es el que la hala. Ya a mi mismo me sucedió eso. Me case' con una campesina, y luego trajo a sus padres, hermanos, sobrinos, amigas, el perro, y me colocaron en el sexto lugar en el matrimonio.

— Yo creo que ella lo mando' a matar para colocar a su hijo en el trono. La historia ha desmostrado que las reinas solo piensan en la autoridad de sus hijos para poder ellas continuar rigiendo.

— No lo dudes. Yo tambien lo creo asi. Pero no podemos hacer nada.

En este punto, Cleopatra entrelazo' los dedos de las manos formando un cerco alrededor de su retoño. Clavo' la mirada al piso, y exhalo' cierta cantidad de aire que acumulaba en los pulmones. Incontinenti, indago'.

— ¿Cuánto tiempo necesitas para cavilar este asunto?

— Por ahora lo que podemos hacer es que te traslades para mi casa, y abandones esta bohardilla inhospita que no te sienta bien. Les dire' a todos que conoci una princesa griega con la cual aprendere' el idioma griego. Poco a poco te ire' introduciendo en el ambito de la nobleza, y si eres lista, y tienes suerte, conquistaras a Octavio Augusto Cesar. Mas o menos 'el y tu' tienen la misma edad. Los romanos viven muy apegados a las costumbres griegas, y todo lo que venga de allá' es bueno.

— ¿Tu' crees?

— No hay peor diligencia que la que no se hace. Una pregunta.

— ¿Cuál?

— ¿Qué piensas hacer con toda esta comparsa de gente a tu alrededor?

— Los voy a traer conmigo. Tengo suficiente dinero para mantenerlos a mi lado. En fin de cuentas, si tu' dices que soy una princesa griega, debo entonces conservar mi sequito real.

— ¡Alabado sea Pluton! Ustedes las hembras en verdad son hijas de Persefone. Bueno, es sine qua non tambien que cambiemos tu nombre. A partir desde ahora en lo adelante, te vas a llamar Livia Drusila, y tu hijo, Tiberio Divi Augusti.

— Muy bien. Vamos cuanto antes, deseo a toda costa, entrar en Roma, la capital del mundo.

— Vamos. Y como dijo Julio: "alea iacta est."

— ¡Alabada sea Isis!

CAPITULO IX

Así, de esta guisa, aquel conjunto viajo' a Roma, aunque si bien, Marco Tulio no residia en la misma urbe; sino que moraba en la zona rural de la ciudad, alejado del bullicio que produce siempre una gran urbe de un millon de pobladores, quiso de todas formas antes de ir a su casa, concederle un paseo por la metrópoli a sus nuevos amigos.

Todos aquellos extranjeros egipcios quedaron consternados al contemplar tanta belleza arquitectonica. Enormes edificios marmoreos, festonados de artisticas estatuas imitando siempre al arte griego. Las calles adoquinadas, y la via Apia adornada de arboles frutales a un lado y otro de la carretera.

En una de las esquinas, un anciano ataviado a la usanza de Egipto, descalzo, melenudo, y con una barba larga que le cubria el pecho, pregonaba a grandes voces su nuevo evangelio.

— Solo Jesucristo es el camino para hallar la salvacion eterna. Arrepentiros de vuestros pecados, dejad vuestra ambicion, y seran bautizados en el nombre de Jesus. Yo soy Pablo de Tarso, el apostol que lo vio' resucitar después de la crucifixión, y me lo tope' en uno de los caminos que conduce a Damasco, después que 'el volvio' en espititu.

Como Roma era una ciudad de mucha gente, y de todos lados del mundo concurrían a residir en la nueva urbe emergente, trayendo consigo sus autoctonas costumbres, Tulio y su grupo no le puso atención a aquel evangelista, sin ni siquiera adivinar que aquel evangelio seria el terror mas grande que iba a infectar al mundo conocido.

Continuaron pues su recorrido por casi toda la metrópoli, hasta que arribaron a la mansión de Ciceron. En seguida uno de los esclavos acudio' a receptar a los nuevos huéspedes, y se le fue decretado que llevara a la señora y su hijo, a la habitación mas comoda que tuviera la vivienda.

Asi se hizo, y el grupo egipcio quedo' instalado en su nueva residencia hasta que la vida tomara otro sesgo mas favorable. Desde luego que la mansión de Marco Tulio Ciceron no podía compararse con el palacio real de la reina en Egipto; pero estaba mucho mejor que cualquiera otra residencia normal.

La morada con un perímetro de 60 x 100 pies cuadrados, estaba construida de pura piedra blanca, cuyas columnas centrales del portico se exhibian de rosado mármol traido desde las profundas canteras de Paros. Toda la construccion mostraba un autentico estilo jonico. Semejaba aquel conjunto la Acrópolis de Atena.

De sus altos ventanales, colgaban alegoricas cortinas de lana, para que la frialdad del invierno no castigara a sus moradores. En la sala, se exponia un inmenso cuadro del pintor griego Zeuxion, en el cual se podía divisar perspicuamente, la bellísima imagen de la diosa Afrodita.

En esta pintura se destacaba un detalle curioso, el matiz de los labios, resaltaba con mas vigor que las otras senales de la facie. Se pudiera afirmar entonces que solo su boca tenia vida; todo lo demas habia muerto, mostrando esa palidez enigmatica y siempre caracteristica que refleja la muerte. Pero sin plegar los parpados, sus ojos permanecian abiertos con el objeto de aun poder observar, la naturaleza del contorno. Solo las diosas poseen esta febricitante facultad.

De esta guisa, fueron transcurriendo los días, y la vida de Cleopatra fue adaptandose aquel medio con mas agilidad de la que cualquiera hubiera discurrido. Su tenebroso pasado habia quedado atrás, el presente le perecia incierto, y el futuro se presentaba ante ella con cierto animo de esperanza.

Resulta increíble comprender con la ligera rapidez que una mujer se adapta a la ciudad. Definitivamente, ellas no nacieron para el campo. Les fascina el comercio, la gente, el chisme, todo lo que sea bullicioso. El campo es para las aves, y ellas se semejan a las serpientes. Por consiguiente, ese no es su habitad.

He aquí que para honrar el natalicio del difunto Julio Cesar, su sobrino Octavio, el nuevo emperador, quiso conmemorarlo con un banquete real por todo lo alto del palacio. Se invito', por supuesto, a toda la flor y nata de la comunidad romana. Y desde luego que no podía faltar el super abogado Marco Tulio Ciceron.

A todo esto, ya Octavio se habia enterado que Marco Tulio hospedaba en su mansión a una princesa griega, y todos anhelaban conocerla. Muchos murmuraban que ellos eran casados; pero no, otros comentaban que simplemente eran amigos. Se decia entonces que, Marco Tulio solamente ansiaba aprender griego con el objeto de traducir desde el prologo hasta el epilogo, la Iliada de Homero.

Como quiera, los rumores continuaban propagandose, y por fin llego' entonces el día de la fiesta real en el acicalado palacio de Augusto Cesar. Todos los convidados ansiaban impresionar al emperador con relucientes joyas, elegantes atuendos, y aromaticos perfumes.

Por supuesto que la ex reina de Egipto, no podía quedarse rezagada, ella mas que nadie, deseaba, no mero "impresionar" al emperador; sino conquistar a la maxima figura del imperio romano en aquel momento.

Para ello se atavio' de un vestido negro largo entallado al cuerpo de una tela fina, casi transparente. Los hombros desnudos, un escote demasiado sensual para la ocasión. Su cabello oscuro largo recogido a la cúspide de su cabeza, dejando desnudo su largo cuello blanco fino como el de una garza silvestre.

Sobre su frente, al inicio de la melena, exhibia una diadema de puro oro festonada en relampagueantes diamantes que le combinaban muy bien con 2 aretes que pendian de sus orejas. Una sombra negra cubria la parte superior de sus ojos, y un matiz rojo carmesí, coloreaban sus perfectos labios.

Una mujer arreglada de este modo, no necesita de ningun ejercito para subyugar un imperio y tambien el Olimpo. Ya la historia se ha encargado de senalar algunos ejemplos. No lo hemos dicho, pero antes de abandonar su recamara, habia pasado el Vellocino de Oro por todo su cuerpo, con el objeto de concederle la proteccion espiritual deseada.

Hele ahí que tan pronto su carroza griega tirada por 4 caballos blancos, se detuvo delante del portico de la mansión de Augusto, 2 esclavos turcos sirvientes del castillo, rápidamente se adelantaron a receptar a la comitiva de Marco Tulio Ciceron.

De inmediato, olieron aquel perfume embriagador que ella se habia untado, el cual se esparcia por todo el contorno causando la influencia deseada.

Dado a que ella era supuestamente en ese instante una princesa griega, debia por ende ser custodiada por subditos griegos; los cuales le ahorraron el trabajo a los subyugados de Augusto.

Al apearse ella de su carruaje, observo' el cenit cuajado de rutilantes estrellas, y una luna nueva formado una especie de cuernos de toro. Allí estaba su estrella favorita Sirio, siempre a la cabeza del can Cerbero persiguiendo a Orion. Por si fuera poco, en ese mismo instante surco' el aire una lechuza blanca como símbolo de buen agüero.

Era eso de las 7 de la noche cuando entro' en el palacio del emperador Augusto Cesar todo reluciente de innumerables antorchas. Una musica suave, dejo' de sonar, y el anfitrion del salon con una voz tronante, anuncio' la asistencia de Marco Tulio Ciceron y su acompanante, la princesa griega, Livia Drusila.

Todos allí quedaron consternados, con la boca abierta observando aquella diosa griega llegada del mismisimo Olimpo. Semejaba Afrodita, cuando anhelaba ser infiel a Hefestos, zambo de los 2 pies.

Resulta algo enigmatico y a la misma vez conmovedor, contemplar a una dama al momento que emprende la caceria. Todos sus musculos y nervios se tensan como si fuera un depredador de alto nivel; algo asi como una especie de serpiente venenosa alerta para capturar su presunta presa; algo asi como una cobra egipcia lista para el ataque.

En fracciones de segundo, diviso' su presunta presa; y fingio' velozmente no haberlo visto. Porque si bien, 'el era de linaje real, ella tambien lo era por partida doble. Ella no necesitaba de ningun tipo de alarde para que 'el acudiera a su encuentro. Su elegante presencia lo indicaba todo.

En efecto, tan pronto Octavio se percato' de la llegada de Marco y Livia, corrio' presto a su encuentro.

— ¡Oh, divino Júpiter! ¡Cuanta alegria rodea este humilde hogar ahora con su flamante presencia!— Saludo' Augusto a sus nuevos invitados.

— ¡En hora buena, emperador! — Secundo' Marco haciendo una reverencia formal. — Por favor, permiteme con el maximo honor que usted merece, presentarle a mi profesora de idioma griego, se llama Livia Drusila, oriunda de Atenas, y descendiente del linaje de Filipo II de Macedonia.

— ¡Oh, Tulio, yo pensaba que ustedes 2 eran casados! Me habian comunicado eso.

— ¡Oh no, su excelencia! Ya un hombre pobre y viejo como yo, como pudiera aspirar al amor de una princesa griega. Jamas se oyo' a Homero hablar de probeza. En sus escritos todo el mundo eran dioses, semidioses, reyes o principes.

En ese segundo, fue la primera vez que Octavio y Cleopatra intercambiaron misteriosas miradas. Desde luego que en el lenguaje visual de la mujer, no es menester decir muchas cosas. Ellas poseen un millon de distintas intuitos, y cada una obedece a un patron destinado.

Es decir, la observación que ella tuvo para 'el; seria la exacta que una vibora tendria para un indefenso ratoncillo que se acerca a ella. El reptil permanece enroscado, silencioso, inmóvil, atento a todos los gestos de su futura victima, y cuando ya lo tiene al alcance, sas, lo inmoviliza.

— ¿Cómo te llamas, señorita?— Pregunto' 'el refiriendose a ella.

— Me llamo Livia Drusila. — Respondio' ella con una voz tenue, sofisticada, especial para la ocasión. Ya dijimos que una de las caracteristicas naturales mas relevante en ella, era que poseia una voz de sirena homerica, y sabia muy bien cuando y como modularla.

— ¡Muchisimo gusto! Yo soy Octavio Augusto Cesar, un humilde servidor. En realidad, es un verdadero placer recibirlos aquí esta noche, pues con su regia presencia, adornan de belleza mi humilde palacio. Pero, pasen, por favor, tengan la bondad de acomodarse en el vestíbulo de mi pobre hogar.

— ¡Muchisimas gracias!— Musito' Cleopatra esbozando una enigmatica sonrisa. Todo marchaba estupendamente bien. Se sentia comoda en aquel ambiente. Hay que aducir aquí que aquel Vellocino de Oro estaba causando el efecto deseado.

Un canape' especial al finisimo estilo griego, fue colocado inmediatamente en uno de los rincones de la sala superior, para que Livia se sentara. Ipso facto, ella se ubico' en el mullido divan, y al cruzar sus torneadas piernas dejo' al descubierto un par de zapatos pintados de negro de piel de cocodrilo sacado del rio Nilo, de tacon alto, abiertos delante y atrás.

Todas las damas de Roma que allí estaban reunidas, ansiaban conocer la nueva moda griega. Se decia por todo el ecumene que Roma al ir a conquistar a Grecia, quedaron ellos mismos conquistados con la cultura helenica. El mismo Julio Cesar antes de morir se vanagloriaba de divulgar por doquier que pertenecia al linaje de Ares.

Un rato mas tarde, Octavio se arrimo' a ella.

— No puedo creer que una descendiente de la prole de Filipo II de Macedonia, haya asistido a mi sencilla residencia.— Murmuro' 'el tomando asiento a su lado. Ambos compartian lujosas copas de vino rojo.

— Amen. De hecho, me siento muy contenta y honrada de que me hayas invitado. Jamas me he sentido tan halagada por un caballero de alto rango. Todo aquel que se aproxima a mi es por conveniencia, con solo objeto de saquear mi dinero. No me ven como una mujer igual a las demas; sino que me miran como una mercancía de mucho valor.

— ¡Alabado sea Júpiter! ¿Y quien se ha atrevido a pretenderte de esa manera?

— El ultimo caso fue el de un romano…

— ¡Alabado sea Pluton! Abismado me tiene lo que dices. ¡Que vergüenza para la raza de Eneas! — Adujo Octavio estupefacto. — ¿Y se puede saber como se llama ese delincuente?

— Marco Antonio…

— ¡No me digas! — Un mal recuerdo acudio' a la mente del emperador.— No te puedo creer lo que me has dicho. Virtualmente se comporta como un angel en publico. Según todos aquí en Roma lo suponen resolviendo negocios en aquella parte del Este para beneficio de toda Italia.

— ¡Alabada sea Cipria! — Ululo' Cleopatra alarmada fingiendo cierto espanto en su encantadora facie.— ¿No se' a cual "angel te refieres, ni cuales negocios para beneficio de Italia"? Según me han contado, por alla anda engatusando a toda mujer que se presenta en su camino. Lo ultimo que supe de ese malvado es que anda procurando embaucar a la faraona de Egipto…

— ¡A Cleopatra!

—La misma que viste y calza. No se le escapa nadie. Es un perro faldero, un seductor de doncellas ingenuas. Y por favor, no me mientes mas a esa tal "Cleopatra"…

— ¿Por que', acaso la conoces?

— Ella fue la que me desposeyo' del trono en Egipto que me compete por herencia de mis antepasados. Ella en combinación con su destituido hermano tejieron esa urdimbre contra mi; luego llego' allí Julio Cesar, desposeyo' del trono a Ptlomeo III, y se enredo' tambien con esa mujerzuela, es una harpia. Es un fracaso andante.

Al oír esto, Octavio Augusto quedo' iridiscente por unos segundos. No podía dar cedito a lo que acababa de oír. El asunto ya no solo alcanzaba proporciones sexuales; sino tambien politicas. Si acaso Marco Antonio lograba seducir a Cleopatra, podía facilmente anexar Egipto a Roma, y esto le concederia un enorme poder en el Senado. Y por ende, Octavio seria relegado a un segundo plano.

— ¿Estas segura de lo que me estas informando?— Indago' Octavio capcioso.

— ¿Para que' quiero encubrirlo? Ese truhán no merece mi estimacion. — Repuso Livia Drusila esbozando un mohin bastante serio.

— ¿Qué te hizo?

— El muy malvado me violo'…

— ¡Que' dices!

— Lo que oyes. Me embarazo' y tengo un hijo de 'el.

— ¡Alabado sean todos los dioses del Olimpo! Ese descarado es mi cunado.

— No me digas. ¡Mal rayo lo parta en 2! — Esbozo' Livia fingiendo estar enfadada.

— Si. Es un verdadero seductor de mujeres. — Continuo' Octavio moviendo la testa negativamente.— Es lo unico que sabe hacer. Por ello, me extrana mucho que te haya violado. ¿No sera' que tu' te dejaste violar? A veces ustedes inventan todo tipo de urdimbre para cohonestar sus pecados. Tengo entendido que cuando una hembra no desea ser forzada, ni el propio Zeus puede violentarlas; por ello, se metamorfosea en distintos tipos de animales para engatusarlas.

— Por favor, Su Merced, tenga la bondad de comportarse como un real caballero. Yo soy una mujer decente, nacida y criada en cuna de oro. Simplemente 'el me embosco' en las corrientes del rio Castalia donde yo me hallaba practicando natacion, cuando de repente se apareció sumergido como un cocodrilo, me agarro', y me poseyo'.

— ¿Y no gritaste?

— No pude.

— ¿Por qué?

— Aun no lo se'.

— ¡Que' raro!

En este punto, Octavio hizo hermetico silencio, y la observo' fijo. Conocia muy bien a Marco Antonio y sabia que ninguna mujer se le resistia. Era un perfecto conquistador de hembras y de territorios. Era un magnifico guerrero y un buen jugador. Tambien su hermana Octavia se habia prendado de 'el, hasta que se casaron.

— ¿Cuántas personas saben de 'este atropello?
— Cuestiono' 'el deseando desenvolver aquel nudo. Por un lado estaba su hermana demasiado celosa. No vacilaria ni un segundo para matar a Livia y a su hijo; por otro lado estaba aquel infante inocente a todo lo que lo circundaba.

— Solamente lo sabemos tu' y yo.

— ¿Y ese bandolero violador de mujeres indefensas?

— Nunca lo supo. Después que me forzo', no lo vi mas, y al mes quede' en cinta. De inmediato, fui a ver la pitonisa de Delfos para ver que me aconsejaba, y me arengo' en estos versos:

"!Oh, muchacha desdichada!

Que sufres la violación,

De un romano fanfarron,

Con su actitud descarada.

Toda accion que sea malvada,

Debe tener su castigo,

Por ello, ahora te digo,

Sera' vengado tu agravio,

Por el magnanimo Octavio,

Y Zeus sera' testigo.

— ¡Alabado sea Pluton! Si asi te presagio' la pitonisa, esta' muy bien, asi te puedo apreciar mejor.

— Muchisimas gracias por su comprensión.

— Por nada. Una pregunta.

— ¿Dime?

— ¿Estas comprometida sentimentalmente con alguien?

A esta interrogante, Cleopatra lo observo' directamente a los ojos. Hacia ya bastante rato que estaba aguardando esta pregunta. Habia demorado mucho su presunta presa para asimilar el veneno invisible que le habia inoculado. Ella no fue allí a exponerse como una estatua de galeria.

— ¿Por qué me preguntas eso? — Inquirio' ella disimulando su alegria interna.

'El agacho' la cabeza como un nino pequeño, clavo' la vista al piso. Un nudo indescriptible se amarro' a su garganta, y cierto color rosa afloro' a su blanca facie. En ese segundo, el dedo indice de la mano derecha de ella, acaricio' tiernamente la tosca mano izquierda de 'el.

Este fue el primer contacto fisico de la vibora con el pobre ratoncillo.

— Es que eres una mujer demasiado bella para que el implacable tiempo te destruya paulatinamente. He podido comprender a traves de los anos que las oportunidades mero ocurren una sola vez; es harto difícil vaticinar que pudiera suceder 2 veces consecutivas. Por ello, no quiero arriesgarme y permitir que esta maravillosa ocasión que tengo ahora delante de mi, se me escape entre las manos.

— Bueno, en verdad, en este preciso momento no estoy enfrascada en algun compromiso amoroso. Después de la horrible afrenta que Marco Antonio me infligio', no tengo ningun deseo de conocer a ningun otro hombre.

— Yo te comprendo, y en verdad deploro tu infortunio. Yo tambien me averguenzo de su conducta; ya que mi unica hermana esta' casada con 'el.

— ¡Que' horror para una mujer ser conyugue de ese animal!

— ¡Amen! Tienes razon.

— Por favor, quiero que te quedes tranquila. Voy a tratar por todos los medios que me sean necesarios, recuperar el trono de Egipto para ti. No es justo que una usurpadora este' allí en tu lugar.

— ¿De veras? — Respingo' Cleopatra uforica de alegria. Sus ojos brillaron mas que nunca.

— Si. Te lo prometo. Y quiero que sepas que soy un hombre de palabra.

— Gracias mi emperador.

Incontinenti, ella olvidando por un momento todos los protocolos de la educación aulica, agarro' la mano derecha de 'el, y le beso' dulcemente el nudillo superior del dorso de los dedos. Aquel inesperado contacto de los sedosos labios de ella sobre la piel de 'el, produjeron un impacto inusitado. Una extrana corriente electrica viajo' velozmente desde aquella mano hasta el corazon, con la exacta rapidez que un rayo descarga toda su potencia sobre un arbol seco. La madera se quema, cruje, y allí donde antes no habia vida, comienza entonces a brotar una llama voraz. Todos los animales del bosque se asustan pues el fuego siempre es destructor, lo arrasa todo; sin embargo, el palo se enorgullece de observar como aquellos que antes lo depreciaban porque no tenia vida; ahora surte un fuego devorador que devastara' toda la foresta.

Posterior aquella inolvidable reunion, Cleopatra y Augusto continuaron viendose mas asiduo. Y cada vez que se encontraban, la llama del amor iba adquiriendo mas fuerza que nunca. No se podía negar que se gustaban mutuamente.

El por su parte, veia con alegria nacer el sol en el oriente con mas fulgor que el acostumbrado. Las sinfonias de las aves cantoras incidian en sus oidos con mas repercusión que jamas habia experimentado. Cada vez que veia a su nueva ilusion, su tierno corazon, avezado a otros tipos de sensaciones que no fuera el amor, trepidaba sin cesar dentro del diafragma pectoral, tratando de salir al exterior y gritar con vigor que estaba enamorado de aquella extranjera. Ya el pobre ratoncillo habia sido envenenado. Y la vibora ufana de su poder, reptaba sigilosa y silenciosa.

Si bien el corazon de Augusto idolatraba a Livia, su cerebro acunaba amargos resentimientos contra Marco Antonio. Deseaba eliminarlo de una vez y por todas, no solo por vengar a su hermana; sino tambien por borrar aquel amargo recuerdo de la vida de Livia Drusila.

Porque 'el estaba bastante seguro que para ser feliz con ella, debia aniquilar a Marco Antonio. Esta idea la fue alimentando diariamente en su cerebro, hasta que un día pidió audiencia en el Senado y se le fue concedida.

Allí exhorto' en alta voz a los magistrados para que le concedieran la venia de emprender una expedición militar en contra de Egipto,

Libano, y Siria. Allí tambien explico' que Marco Antonio andaba en ciertos amorios con la faraona de Egipto, y habia, no solo cometido adulterio en contra de su hermana Octavia; sino que de igual modo estaba traicionando la corona de Roma.

El pedido se le fue concedido por votacion unanime de todos los senadores, y comenzaron entonces los preparativos de guerra para zarpar hacia el Oriente.

CAPITULO X

Por supuesto que unos movimientos belicos de tal magnitud no iba a pasar por alto en toda la rivera del mar mediterraneo; los barcos mercantiles fenicios traian y llevaban, no mero mercancías; sino tambien noticias. Eran los mas informativos de toda la region. Y lo que no podían transmitir, lo inventaban.

Y desde luego que esto llego' a los oidos de Marco Antonio, quien ya estaba muy metido bajo las faldas de la impostora Cleopatra alla en la tierra de las altas pirámides. Como era un verdadero galan, no le costo' mucho esfuerzo persuadir aquella ficticia faraona.

La falsa Cleopatra no tenia nada que perder en aquel juego de azar, habia llegado allí al trono simplemente porque se parecia en demasia a la autentica Cleopatra que estaba a la sazon en Roma.

Pero ahora que la ficticia Cleopatra se estaba acostumbrando a la buena vida, no deseaba por ningun motivo abdicar al trono, e incito' a Marco Antonio que dispusiera de sus ejércitos mamelucos de la nacion egipcia para combatir a Octavio. Se les prometia el cielo si peleaban con teson.

Asi es que, comenzaron a repercutir los tambores de guerra por toda la zona del Nilo, y las naves egipcias se fueron amontonando en el puerto de Alejandria para ejecutar una batalla naval. Se creian mas audaces que los romanos en el mar; y por consiguiente, estaban embullados a lograr la victoria.

Pero Marco Antonio sabia muy bien que aquellas legiones romanas eran invencibles. Aquellos escuadrones de veteranos curtidos en la guerra, bajo el mando de sus "magisters millitums", no resultaba empresa fácil de liquidar. La historia lo habia constatado. Todo aquel que se revelaba contra el imperio, tarde o temprano culminaba su vida.

Y como conocia todo esto, trato' al maximo de pertrechar a todo su contingente, y por si fuera poco, envio' una embajada de diplomaticos a intentar convencer a Octavio para que desistiera de la idea beligerante; pero esto no sirvio' mas que para advertir a Octavio que su contrincante no estaba dispuesto para la lucha.

He aquí que corria el ano 31 antes de nuestra era, cuando en la zona de Actium, se dispusieron las tropas de ambos bandos en sentidos contrarios para la batalla final. Los vientos soplaban a una velocidad de 20 millas por hora, un clima humedo y brumoso, y la temperatura de 57 grados Farenhei.

La nave de Octavio semejaba un Halcon marino. Larga de proa a popa, y ancha de estribor a babor. Delante exhibia la estatua de Marte, y en lo alto del mastil ondeaba la bandera imperial. Era una embarcación hexaremes cuyos 99 remeros eran entrenados gladiadores que, si cooperaban a la victoria, serian puestos en libertad.

Si bien Octavio no era un gran maestro en la batalla naval, habia elegido para dirigir aquella hazana, al inclito "magíster millitum" Marco Agripa, un veterano destacado en el arte de la guerra.

Lo mismo se distinguia en tierra que en el mar. Sus soldados lo seguian ciegamente, representaba una especie de idolo divino para ellos. A decir verdad, peleaban mas por 'el que por Roma. Y por supuesto que Marco Antonio no sabia que Marco Agripa habia sido seleccionado para regir aquel pelotón.

Por fin llego' la hora de la batalla decisiva, y las tropas contendientes se apostaron una frente a la otra en la bahia de Actium. El general Agripa ordeno' desplegar la flota en forma de herradura de caballo. Una tecnica practicada por Filipo II de Macedonia, y luego por Julio Cesar.

La flota de Octavio contaba con 400 barcos, y la de Marco Antonio 300. Por lo tanto, era evidentemente una pelea desigual. El propio Marco Antonio le habia pedido encarecidamente a la falsa Cleopatra que lo acompanara en tal aventura con el objeto de ofrecer animo a los mamelucos egipcios.

Estos mamelucos parecian indigentes, estaban mal vestidos y muy mal alimentados. Su punto vulnerable era la testa. Todo el tiempo usaban largos trapos amarrados a la cabeza; lo que debilitaba en demasia la corteza craneal.

He aquí que tan pronto Octavio diviso' a lo lejos el buque de Marco Antonio, exhorto' en alta voz a sus vigorosos remeros que rompieran presto las saladas olas y se dirigieran veloces hacia el enemigo. Al oír esta exhortacion, el timonel dirigio' la proa hacia la nave del adversario, y aquel espolon de hierro que presentaba la fragata de Octavio, se hundio' en el flanco derecho de la embarcación egipcia, y fue tan fuerte el encontronazo que la impostora Cleopatra salto' al agua, donde la aguardaba una chalupa ligera de adiestrados remeros, y en pos de ella, se lanzo' Marco Antonio.

Los mamelucos egipcios al ver que su reina y general huían precipitadamente, soplaron la corneta de retirada, y aquellos marinos egipcios se fugaron en desbandada. El panico se apodero' de los moradores de la tierra de las pirámides, y cada cual procuraba salvar sus vidas.

Al principio, en medio de la trifulca, Octavio no se dio' cuenta que su enemigo habia escapado por el otro lado opuesto, y este parentisis le concedio' a Cleopatra y Marco Antonio que pudieran alejarse con mas velocidad de la zona mortal.

No duro' mucho tiempo en que desembarcaran en el puerto de Alejandria; pero sabian muy bien que Octavio no iba a renunciar a la persecución, y los buscaria hasta en los confines de la tierra.

Asi es que, no bien hubieron los 2 profugos amantes accedidos a los interiores del palacio, determinaron en mutuo acuerdo, finalizar de una vez y por todas con aquella miserable vida que poco les quedaria. Ambos acordaron que antes de ser escarnio de la gente de Roma, descender al Tártaro seria lo mas honorable para los 2.

'El dicidio' su propia espada como metodo de suicidio, y ella la picada mortal de un hediondo aspid. Le parecia mas romantica un muerte causada por veneno que por herida. El hierro se fundo' para los hombres, el toxico para las mujeres. No existe mucha diferencia entre una cosa y otra.

A poco hubo Octavio desembarcado en el puerto de Alejandria, se delanto' con su ejercito al palacio real de la faraona. No duro' mucho tiempo en atravesar el vasto salon del vestíbulo y arribar a la recamara nupcial.

Irrumpio' como una trompa en el dintel del aposento, deseando en lo mas profundo encontrar aquellos canallas con vida, y poderlos exhibir en la via Apia capitalina como trofeo de guerra ante los vitores de los romanos que los aguardaban para celebrar el éxito fecundo; mas para su mala suerte, los hallo' muertos uno cerca del otro IN ETERNUM.

De inmediato, ordeno' que aquellos cuerpos fueran arrojados al rio Nilo, para que fueran alimento de los asquerosos cocodrilos. Acto seguido, establecio' un gobierno provisioal hasta que arribara la verdadera reina de Egipto. Su amada Livia Drusila.

Al otro día bien temprano, envio' un rapido correo al Senado de Roma, y al mismo tiempo decreto' al corresponsal que, le dijera a Livia Drusila que el trono de Egipto estaba vacante para ella.

La alegria no podía ser mas grande para la verdadera Cleopatra no bien recibio' el evangelio, acababa de hacerse realidad aquel plan que fraguo' con tanto esmero. Ipso facto, pergeno' el equipaje con la velocidad de la luz para el retorno triunfal.

Allí la estaba aguardando Octavio. Todo se dispuso de una manera tan suntuosa que, jamas en la historia de Egipto se habia receptado a una reina con demasiada excelsitud. El emperador de Roma mando' a que la agasajaran con todos los honores que meritaba el retorno de la autentica descendiente de Filipo II de Macedonia.

El pueblo entero de Alejandria, salio' a la calle para celebrar el regreso de Cleopatra, y el nuevo emperador de Roma que uniria los 2 reinos. Se repartio' comida y bebida gratis para todos los ciudadanos de Egipto. Era un día para festejar a lo grande.

A poco se encontraron, 'el la saludo' con un gesto de galantería. Le gustaba ser cortez con aquella princesa griega. No podía negar que le fascinaba. Y mas ahora que estaban los 2 lejos de Roma, donde no podían ser vigilados por los chismosos del Senado.

— ¿Me echaste de menos? — Pregunto' ella sonriente. No podía cohonestar su asaz felicidad.

— Si, mucho. — Susurro' 'el al unisono que le posaba un suave beso sobre la mano derecha de ella.

— Me halagan en demasia tus palabras, y no puedo frenar el rubor que asoma a mis palidas mejillas. Resulta harto halagueno recibir requiebros de alguien tan importante en el mundo entero. El mismisimo emperador de Roma. Me siento muy dichosa.

— ¡Oh, pudor venerable! ¡Que' dulce es sentirse alabado por la mujer que uno desea!

— ¿Acaso me "deseas" mucho?

La cuestionante acarreaba un halo de insinuación, y mas que todo interjeccion. Era el momento esperado para actuar. No podía ella dilatar aun mas las cosas. Todo tiene su presente. Ahora o nunca. Las mujeres todo el tiempo hablan con doble sentido. Es como si fueran un instrumento musical que emite sonido y eco a la misma vez.

— Jamas he anhelado a una mujer con tanta ansiedad como lo siento contigo.

— Vamos, pues, me parece que ya sobran las palabras.

— Vamos.

Ambos enamorados enlazaron los dedos de las manos y caminaron hacia la habitación matrimonial. La vergüenza huyo' desesperada de sus corazones, y la lascivia atribulo' en alto nivel sus pensamientos.

Los cuerpos desnudos colisionaron tan fuerte, como un encontronazo entre 2 fuerzas siderales. Mas que 2 personas realizando el amor, parecian 2 animales luchando. Ella era una serpiente, y 'el un pobre ratoncillo. Resulta harto risible escuchar cuando un hombre se jacta de vanagloria en creer que 'el es el victimario, y ella la victima.

¡Nunca! ¡Jamas! La mujer es un millon de veces mas poderosa que el hombre en la cama, y fuera de esta. Esta' dotada por la vil naturaleza de un vigor mental que ningun animal de la selva, ni algun equipo cientifico inventado por el hombre, pudiera igualarse a ella. El hombre simplemente vino a la tierra a servir de esclavo a sus demandas.

En Egipto casi nunca llueve, se manifiesta allí un clima desertico todo el tiempo. Los días son calidos, y las noches frescas. El rio Nilo es el primordial surtidor de agua natural que los nativos del area se valen para sufragar sus necesidades cotidianas. De igual modo este rio, sirve como medio de navegación hacia otros puntos del ecumene.

Por 'el estuvieron paseando los 2 amantes durante un mes completo en luna de miel. El colmo de la felicidad para ella llego' cuando le declaro' en el oido que acababa de caer en cinta. Para el hombre que nunca ha tenido hijos, 'este suceso podria ser su mayor elixir. Pero para aquel hombre que nacio' para jugar al azar del amor, esta noticia seria su propia perdicion.

Sin embargo, para ella este acontecimiento resulta ser como una especie de distanciamiento hacia su esposo. Es aquí cuando la cruel naturaleza juega un papel vil y mezquino. Se disfraza de villana como en todas las tragedias. Fuerza a la madre a depositar mas carino en el bebe' que en el padre. Comienza entonces lentamente un proceso de alejamiento, de rechazo. Tiene que dedicarle mas tiempo al crio, y paulatinamente va perdiendo afición por el marido hasta el punto que ve al hijo como un azote para el padre.

Y si hay muchas riquezas por el medio, los preparan cuando alcanzan la pubertad para enfrentarlos contra el esposo. La historia ha dado buena cuenta de ello.

Ejemplos: Olimpia, la madre de Alejandro, Agripina, la madre de Neron, Leonor de Aquitania, la madre de Ricardo Corazon de Leon, etc, etc,…

Empero, aquellas mujeres que por la influencia maligna de la naturaleza no pudieron parir hijos, se adhieren con tanta intensidad a sus consortes que duran toda una vida con ellos hasta que la muerte los separa; y muchas veces, si, muchas veces, hasta aun mas alla' del sepulcro. En colofón, los hijos no son mas que los divisores del amor.

De esta guisa, Octavio Augusto no tuvo mas albedrío que determinar llevarse a Livia Drusila a Roma para que su hijo fuera su descendiente real. En cuanto a Cesarion, el otro vastago de ella, debia quedarse en Egipto hasta la mayoria de edad bajo la tutela Marco Tulio Ciceron.

A poco hicieron la entrada triunfal en la capital italiana, con Egipto anexado al imperio, toda la poblacion urbana salio' a las calles para saludar a su regio emperador. Tambien de muy buen gusto aceptaron la nueva emperatriz. Dado a que ella era griega, todo o que fuera de allí, era muy bien recibido.

Las damiselas admiraban en demasia a su nueva emperatriz; porque fue ella la que introdujo en el ambiente capitalino aquel tipo de calzado provisto de tacones altos, y abiertos delante y atrás. Eso si, las unas de los pies, debian exhibirse recortadas y pintadas de rojo. Al igual que las unas de las manos.

De igual modo Cleopatra puso de moda el peinado en lo alto de la cabeza; o sea, todo el cabello recogido en forma de corona y ubicado en la cima de la testa, dejando al descubierto el cuello y las orejas. Y como las mujeres son igual que los monos, todo lo que haga una reina, ellas tambien le siguen, parecia aquella sociedad femenil, un ejercito militar.

Y en el interin que Cleopatra alborotaba a la sociedad romana con aquellos extravagantes estilos, Octavio Augusto restablecia el poder gubernamental en el Senado; aunque 'el siguiera ejerciendo esa forma de mandato autócrata.

Como habia derrotado a Marco Antonio en la batalla naval de Actium, y su otro contrincante Lepido habia huido al exilio, podía tranquilamente autoproclamarse "maximum imperator". Un titulo que le cuadraba muy bien.

Bajo el imperio de Octavio se fue filtrando la doctrina cristiana lentamente como una pandemia mortal. En aquel tiempo Roma albergaba en su seno un millon de ciudadanos. De los cuales ¾ de la población eran analfabetos. Un terreno fértil para sembrar la semilla del cristianismo.

El evangelista Pablo de Tarso fue paulatinamente diseminando aquella enfermedad mental por los suburbios de la capital italiana que era donde residia la mayor población inculta. Por su puesto que le fue viable persuadir a mucha gente, y esta a la vez continuaron el proceso de evangelizacion por todas partes.

Y como la nueva emperatriz era griega, fue considerada por la plebe como una pagana. Se comentaba por doquier que aquel famoso Vellocino de Oro traido de la Colquide, era mera charlatanería, y que el verdadero carnero "cognomen" Pascual, fue el que Dios coloco' en el lugar de la crucifixión de Jesus.

Pero Cleopatra no le daba importancia a estos comentarios ridiculos, y agradecia absolutamente aquel Vellocino de Oro su buena fortuna. No le podia pedir mas a la vida, habia sido princesa de reyes macedonios, faraona de Egipto, y ahora emperatriz de Roma, la gran capital del mundo conocido.

No obstante, ella sabia a merced de los estudios realizados en su juventud, que existia otro mundo mejor aun desconocido para la raza humana, y que lo habia fundado el titán Atlas mas alla' de las columnas de Heracles, en el océano atlantico donde se ocultaba el sol.

Una noche después que ambos consortes imperiales culminaron de realizar el sabroso coito, ella le bisbiseo' al oido.

— Amor mio, ya Europa es muy pequena para ti. Debes ir alla' donde muy lejos son mas alegres la olas, en la isla de Hecuba, en su region central esta' la celebre ciudad de la Atlantida. Sus moradores viven en perfecta armonia. Es la civilización mas desarrollada tecnológicamente del planeta.

Octavio escuchaba a su esposa anonadado. Por un instante cavilo' que se habia vuelto loca su consorte. ¿De donde ella habia sacado aquellas palabras raras para sus oidos? O quiza' yendo en contradicción de los cristianos estaba inventando otra ciudad opuesta a la de Jerusalem?

— ¿Quién te dijo eso? — Interrogo' 'el escéptico.

— Lo lei en los escritos de Platon, y 'este a la vez lo oyo' del sabio Solon.

— ¡Alabado sea Júpiter! Que yo sepa mas alla' de la peninsula iberica, solo hay océano, nada de tierra.

— Te equivocas, amado mio, si partes del puerto de Lisboa, y navegas 33 días sin parar hacia el suroeste, vas a desembarcar allí en la isla de Hecuba, y luego adentrandote hacia la region central, llegaras a la prospera ciudad de la Atlantida. A la cual sus moradores la llaman carinosamente "Cruces".

— ¿Y por que' nombran "Hecuba" a esa isla? — Cuestiono' Octavio mas perplejo que nunca. Poco a poco estaba comprendiendo que su esposa era una caja de Pandora.

—Le dicen "Hecuba" en honor a la desdichada reina de Troya, fue el mismo Atlas quien le puso este nombre a ese pedazo de tierra en el mar atlantico.

— ¡Alabado sea Martes! ¿Y que' podria yo encontrar en esa fantastica isla?

— Allí hay de todo. La tecnología mas avanzada que pueda existir, esta' alli, la poseen ellos. Sus coches no son tirados por caballos como los nuestros; sino por motores de combustión interna.

— ¡Alabado sea Minerva! ¿En cual idioma me estas hablando? — Musito' Octavio incredulo de lo que estaba escuchando. Ya estaba convencido de que su esposa se habia vuelto loca. No tenia ninguna duda al respecto. ¡Que' pena! Ahora que la comenzaba amar, sucedia este problema.

Ulterior haber finalizado la luna de miel en Egipto, y haber regresado a Roma para residir como supremos mandatarios del imperio. Octavio por su parte se propuso construir colosales edificios publicos en toda la ciudad con el objeto de asistir y recrear a todo su pueblo que lo alababa.

En cambio, Cleopatra por su parte, se encargaba de edificar escuelas para que los niños tuvieran una educación fundamental. Como ella era una mujer demasiado educada para su tiempo, deseaba en lo mas profundo que la nueva generacion tuviera una mente capaz de transformar el contorno que los circundaba.

Para ello se trajeron los discipulos de Pitágoras que residian en la Magna Grecia a la orilla de la costa de Crotona allí mismo en Italia. Ellos serian sin lugar a dudas, los maestros indicados para civilizar aquella tumultuosa urbe.

Aunque si bien el cristianismo estaba propagandose como una pandemia en las esferas sociales de baja estructura, la filosofia de Pitágoras por otro lado se iba incrementando en las altas capas de la sociedad.

Pero desafortunadamente después que que perecieron Octavio y Cleopatra, el imperio romano fue decayendo gradualmente a traves de los siglos, hasta que el cristianismo se acomodo' en el trono de Constantino el infanticida. A partir de ese instante, comenzó la Edad Oscura. Una sombra negra de la ignorancia, iba lentamente ennegreciendo a Europa, y otros paises.

No se podía hablar mal de Jesucristo porque aquel que se atreviera, seria quemado en la hoguera públicamente para que sirviera de escarmiento a los herejes. Un regimen de terror se disperso' como la espuma por todos lados. Las persecuciones y las torturas sucedia a diario contra los ateos. Todos aquellos libros y estatuas griegas eran paganas; o sea, estaban terminantemente prohibidos estudiarlos o admirarlos.

La arquitectura de las escuelas se paralizo', y se dio' paso a la instalacion de numerosas iglesias; cuyos campanarios, exhibian las cruces vacias indicando que aquel escogido por Dios, se mudo' al cielo resucitado. Nadie jamas habia visto a Jesucristo en persona; solamente Paublo de Tarso que se topo' con 'el en Damasco, Siria, hablaba sobre 'el.

Pero Pablo de Tarso, tuvo una genial idea, se afinco' en la palabra "salvacion", y esto era esencialmente lo que la ignorante multitud anhelaba oír. Ahora en esta nueva religión, simplemente bastaba orar; y Jesucristo le perdonaba todos sus pecados, y posterior a su muerte, irian al cielo a vivir con 'el por toda una eternidad; y si no se hacia de esta manera, los ateos serian enviados al infierno tan pronto como fenecian y serian arrojados al crematorio.

He aquí que aquella "perniciosa superstición" como le llamaria el filosofo Seneca, fue desplazandose vertiginosamente por todos los rincones del ecumene, y por todos los siglos venideros. Era en efecto, una verdadera pandemia espiritual.

Pero ocurrió algo inaudito, nunca antes experimentado en la sociedad mundial. Broto' desde la region central de China, un virus letal que se fue diseminando rapidisimo como el uego por todas partes, hasta que arribo' a Europa en el ano 1384, en el siglo XIV de Nuestra Era, este virus mortal que arraso' con la ¾ parte de la población europea, aniquilando por completo lo mismo a cristianos que paganos.

A partir de ese momento, se empezó a dudar del poder de Jesucristo y su padre Dios. ¿Como era posible que un virus fuera mas poderoso que ellos 2 juntos? ¿Para que' les prometian una vida mejor en el Paraíso después de la muerte; si ahora estaban pereciendo como moscas en el fuego? Todos se hacian la exacta pregunta. El panico se adueno de aquellas almas debiles, y debian por tanto, culpar a alguien.

Y por supuesto que quien mejor para tildar que a los infieles. Si. Ellos eran pecadores, cometian el grave delito de no alabar a Jesucristo; por consiguiente, su padre Dios se habia enojado con la humanidad, y habia arrojado aquella peste mortal sobre todos por igual. Se intensifico' entonces la caceria contra los paganos.

Y fue tanta la intensidad que adquirio' aquel cristianismo que, entre aquella vorágine surgio' un loco esquizofrenico, llamado Martin Lutero, el cual envidiando la jerarquia del Papa en Roma, decidió implementar la Reforma Protestante para pasar a la historia como un subversivo de la iglesia. Planteaba que para alabar a Jesuscristo, no era menester acudir a los sacerdotes.

Aquella manera de interpretar el fanatismo religioso, trajo como consecuencia una cruenta guerra entre protestantes y catolicos que duro' varios siglos hasta que por fin emergio' como un Prometeo olimpico desde la fuente del Parnaso, Francisco Borja, el hombre que concibio' la genial idea de fundar el colegio gregoriano en Roma,

La ilustre ciencia se vistio' de gala para iluminar las mentes preclaras de los intelectuales. Ipso facto, se introdujo la teoria planetaria de Nicolas Copernico, la cual fue obtenida de Aristarco de Samos. Esta tesis puntualizaba que el Sol estaba en el centro del sistema solar, y no era la Tierra como argumentaban los cristianos.

Tal revolucion cientifica produjo un efecto universal. De inmediato se abrieron todas las puertas al arte, la ciencia y las didacticas letras.

Volvio' el divino Homero a reinar como un "Majestas domini", el eco de su verbo repercutio' por todas las paredes del colegio gregoriano.

Las matematicas se hicieron libre paso por entre la sociedad, y la geometría sirvio' a muchos arquitectos y albaniles para erigir colosales edificios y grabar en sus fachadas aquellas antiguas escenas del teatro griego. En una de esas senales, se veia a Jason portando el famoso Vellocino de Oro. ¿Pero donde estaba aquel celebre Vellocino de Oro?

Nadie lo sabia, y como "nadie lo sabia", los arqueologos se lanzaron a la ardua tarea de descubrir el paradero de aquel cuero dorado. Pues según contaba la leyenda, aquella zalea atesoraba poderes divinos, y el que lo hallara, seria muy rico y prestigioso. Se comentaba que la ultima vez que se vio' aquella pieza fue en Roma, en el palacio de Octavio y Cleopatra.

Pero la suerte no le toca a quien la busca; sino a quien la encuentra. Uno de esos días en el que Zeus decide coronar de dicha las sienes de un desgraciado, y al feliz hacerlo infeliz, estaba un hombre alto, fornido, de apolineo rostro, nombrado por su padre Cristóbal Colon, sentado sobre una piedra blanca debajo de un Laurel, disfrutando su sabrosa sombra a corta distancia del capitolio romano.

Según el eximio Pitágoras, la sombra del Laurel relaja tanto el sistema nervioso que, pone al individuo que la absorbe a dormir enseguida. Y aquel transeúnte se bajo' de la roca, y se tendio' sobre la espesa hierba para recabar cierto descanso. Sus ojos semi plegados, divisaban un objeto en una de sus ramas. Algo asi similar a una piel de animal peludo.

Una sensación de curiosidad iba poco a poco apoderandose de su mente. Desplego' bien los parpados para poder escudrinar mejor, los rayos de luz que se filtraban por entre las ramas, refractaba cierta radiación en aquella extrana piel, y sin perdida de tiempo, trepo' aquel frondoso arbol, y agarrando aquella prenda, descendio' veloz y lo extendio' encima de la grama.

Por el lado opuesto del pelambre, se veia un dibujo geografico bastante extrano para su conocimiento. Pero lo mas significativo era que en la esquina derecha de abajo, se notaba la rubrica de Cleopatra. En seguida determino' que aquel podía ser el famoso Vellocino de Oro, del que tanto hablaban los arqueologos.

Incontinenti, lo guardo' en su mochila, y partió hacia el colegio Gregoriano de la capital italiana. Busco' al intelectual Francisco Borja, y los 2 se pusieron a investigar aquel diseno geografico. Tal dibujo cartografico marcaba una isla situada en el océano atlantico mas alla' de las columnas de Heracles, titulada Hecuba, a 33 días de navegación desde el puerto de Cadiz, Espana.

Se trataba nada mas y nada menos que de la legendaria Atlantida de Platon. Inmenso fue el gozo que sintieron los 2 hombres, y sin perder mas tiempo y en secreto, Cristóbal Colon se dirigio' a Castilla, Espana, en nombre de Francisco Borja a conversar con la reina Isabel de Castilla, y convencerla para que financiara su viaje a la celebre Atlantida.

Ipso facto, Cristóbal Colon se dirigio' a Castilla, Espana a entrevistarse con la soberana de aquel pais. El viaje le demoro' 13 días a galope tendido sobre distintos corceles que rentaba en el camino desde Genova a Espana. Como iba recomendado por el obispo Francisco Borja, la reina lo recepciono' de inmediato con el debido protocolo que merece una Majestad de reputacion internacional.

— ¿Así es que usted es marinero, y estas muy seguro que vas a descubrir la famosisima Atlantida?— Pregunto' la reina Isabel después que admitio' la entrada del forastero italiano.

— Correcto. Tengo en mi poder ese fabuloso Vellocino de Oro que tanto ruido ha generado a traves de los canales de la historia y la leyenda. Desde muy pequeño fui vaticinado por una bruja vecina de mis padres, que yo iba a lograr resonancia mundial. Me recalco' incesantemente que yo naci bajo el signo zodiacal de Acuario; y como tal, de la misma manera que el gran Zeus escogió' al bello Ganímedes para que fuera su copero especial, a mi me selecciono' para que fuera el portero hacia el otro mundo.

— ¿No me digas?

— ¡Amen!

— ¿Y se puede saber que' mas te dijo esa hechicera?

— Por supuesto que si. Me vaticino' algo muy, pero muy importante.

— ¿Y ese "algo muy, pero muy importante" te lo dicto' en versos octosílabos, o, endecasilabos?

— Octosilabos.

— ¿Te recuerdas de ellos?

— Si. Jamas podre' olvidarlos.

— Procede pues a cantarlos todos. Participamelos sin tardanza.

— Oh, nino bello y lozano,

De la estirpe de Colon,

Tu' vas a ser el pendon,

Del imperio castellano.

Isabel te dara' la mano,

Para que puedas partir,

Al Oeste a descubrir,

Una isla tropical,

La Atlantida colosal,

Que se debe revivir.

— ¡Alabado sea Zeus!— Exclamo' la reina de Espana ampliando las cuencas opticas en exoftalmia. — ¿Y como esa pitonisa sabia mi nombre?—Pesquiso' la soberana un tanto incredula.

— Su Majestad, por favor, las brujas lo adivinan todo. Ellas poseen un sexto sentido que muchos carecen de ello; toda esa gente que se dedica al esoterismo, son elegidos por los dioses olimpicos para que nos transmitan sus ideas. No todo el mundo presenta esa disposición. Eso no se compra en una bodega, ni tampoco lo puede fabricar un carpintero. Ese es un arte que nace con el destinado.

— Pero todas esas charlatanerías los cristianos la condenan por herejes.

— Por supuesto, su Excelencia, todo tirano necesita imponer el terror como medio de esclavitud. Ya lo dijo el divino Platon en el libro "La Republica".

— ¡Alabada sea Hera! Bueno, y retomando el tema econmico, que es en realidad lo que me atane a mi, ¿cuanto dinero usted requiere para emprender ese sonoro periplo hacia la Atlantida?

— 3,000 ducados…

— ¡Alabado sea Poseidón! Eso es una verdadera fortuna, mi marido, Fernando, el mas tacano de los hombres, me va a plantear el divorcio si le concedo a usted esa gigantesca suma de dinero.

— Oh, por favor, su Eminencia, ¿Cuándo se ha visto en la historia que una emperatriz tenga que rendirle cuentas a su esposo? Simplemente dile que los franceses van a atacar la frontera, y hacia alla 'el se va corriendo. Ustedes las mujeres saben perfectamente muy bien como derrochar la fortuna sin que nadie se entere.

— ¡Alabado sea Urano! Usted si que es un hombre inteligente y sobre todo, simpatico.

— Muchas gracias, su Señoria.

— Mañana mismo tienes ese dinero; asi es que, ve preparando ya el equipaje para un largo viaje.

— ¡Oh, que' portento he recibido!

Al venir a este lugar,

Y asi poder navegar,

Por un mar desconocido.

Ya habia sido advertido,

Con cierta anticipación,

Soy el gran Cristóbal Colon,

El genoves con decoro,

Con mi Vellocino de Oro,

Voy a lograr mi mision.

— ¿Ooohhh, yo no sabia que usted tambien se dedica a recitar poesias?— Musito' la reina impresionada por la facultad que poseia aquel individuo de, no solo dialogar, sino de igual modo improvisar. — Te voy a pedir un favor.

— Digame, su Merced.

— Si acaso regresas con vida, quiero que me regales ese Vellocino de Oro.

— ¡Por supuesto, Su Altesa! A quien mejor que usted que se ha brindado munificentemente a socorrerme a recabar mi proposito.

— Gracias.

— Por nada.

Asi de esta guisa, partió Cristóbal Colon con rumbo hacia el lejano Oeste, a encontrar la legendaria Atlantida de la que hablaba Platon; y según cuentan otros, fue edificada por el titán Atlas. Como quiera, aquel navegante genoves parecia muy contento y seguro de si mismo en su nuevo trasiego.

El mar le fascinaba, aquella vasta llanura liquida salada, en perenne convulsion, le agitaba los suenos. Las gaviotas de luengas alas volaban en su entorno. Los anfibios delfines similares a monstruos marinos, salian a la superficie, para luego zambullirse en aquel antro acuoso.

Aquella linea infinita del horizonte, era todo el atractivo que se presentaba ante sus ojos azules como el mar en que navegaba. Esa inalcanzable union entre el océano y el cielo, significaba un deseo insaciable, una meta inalcanzable. Todo esto en conjunto, formaba un sueno maravilloso para poder emplear todas las energias en realizarlo.

Aquel interesante periplo demoro' 33 días, y no bien Cristóbal Colon piso' el suelo hecubano, ululo' en voz alta mirando al cielo.

— ¡Alabado se Urano, esta es la tierra mas linda que ojos humanos han visto!

Acto seguido, se intrinco' velozmente hacia la parte central de la isla donde el mapa del Vellocino de Oro le indicaba la ciudad prospera de la Atlantida. Trece días duro' aquel viaje desde la costa marina hasta la celebre metrópoli tambien nominada Cruces, o la ciudad de los molinos.

Al arribar a su entrada, 2 policias uniformados les recibieron formalmente al estilo militar.

Uno de ellos se llamaba el teniente Rosqueta, y el otro, el sargento Villa. Ambos llegaban montados en un carro de motor de combustión interna, cuyo tren de rodaje consistia en 4 ruedas de goma.

Al ver esto, Cristóbal Colon y su sequito, recularon asustados 3 pasos al oír aquel sonido raro del motor. Jamas habian visto algo parecido.

— ¡Alto ahí! ¿Quiénes son ustedes? — Interrogaron los gendarmes responsables del orden de la ciudad.

— Somos extranjeros, provenientes de Espana. — Respondio' Cristóbal con acento sonoro por los demas integrantes del grupo. Solo lo acompanaban un pequeño contingente, el resto de los marineros se habian quedado a bordo en la retaguardia.

— ¿Qué buscan por aquí?

— Andamos en busca de la famosa Atlantida. Y al ver todos estos edificios modernos, y todo este transporte mecanizado, creo que ya la encontramos.

— Así es. Esta es la inclita Atlantida de la que hablaba el divino Platon. — Adujo el teniente Rosqueta cabeceando positivamente.

— ¿Y usted conoce a Platon? —Indago' Cristóbal reflejando un mohin de estupefacción en su rostro.

— Por supuesto, nosotros somos descendientes de aquellos griegos de la epoca de oro que vinimos aquí a poblar la ciudad amurallada de Atlas.

Al oír esto, el marino genoves observo' de pies a cabeza al sargento Villa que se veia perspicuamente que era de origen africano.

— ¿ Y por que' tu ayudante es negro?

— Oh, porque 'el es descendiente del linaje de Mennon, aquel valiente principe etiope que murio' en la guerra de Troya bajo el mandoble de Aquiles, asolador de ciudades, e hijo de Peleo.

— Alabado sea Júpiter. Yo soy oriundo de Italia, la ciudad inmortal construida por Eneas, el hijo de Afrodita.

— Muy bien. Bienvenidos pues a la eximia población de la Atlantida.

— Muchas gracias.

— Pasen por favor, para que disfruten de un certamen de poetas al estilo griego.

— Con mucho gusto. Gracias.

— Por nada.

— ¿Y en honor a quien elevan sus cantos? — Pesquiso' Colon ansioso por averiguarlo todo sobre aquella comunidad.

— A Zeus olimpico.

— ¡Alabado sean los dioses del Panteón griego!

Ipso facto, caminaron los expedicionarios europeos en pos del vehiculo que se desplazaba lentamente delante de ellos a una velocidad constante de 3 millas por hora. Hasta que al fin arribaron a la plaza central de la ciudad, donde se efectuaban los actos civicos.

En el medio del parque, se elevaba una glorieta pintada de blanco con una cupula redonda, y una tribuna en el medio, para que cada poeta versificara según el turno que le correspondiera.

Ya la ceremonia de inauguración habia comenzado en el instante en que se aproximaron los extranjeros.

Los españoles estaban ensimismados, jamas habian visto algo asi. De inmediato, su anonadamiento se interrumpio', cuando la voz sonora del bardo Torrespino, los cautivo'.

— ¡Oh, enviados de Isabel,

Embajadores de Espana,

Han perpetrado una hazana,

Admirable de un pincel.

Han alcanzado un nivel,

Difícil de superar,

No se les puede negar,

Su arriesgada decisión,

Siguiendo al noble Platon,

A la Atlantida encontrar.

Muchos ciudadanos de aquel terruno que se hallaban circundando la glorieta, comenzaron a vitorear y aplaudir al afamado trobador de Cruces. Incontinenti, le toco' el turno a Pepe el toro.

— Oh, señores de otro mundo,

Que el mar furioso cruzaron,

Y a esta ciudad arribaron,

Con un deseo profundo.

Es mi canto mas fecundo,

Cuando me pongo a cantar,

La heroicidad en el altar,

De la Acrópolis de Atenas,

Y de Troya aquella almena,

Donde Helena fue a velar.

La gente volvio' aplaudir y ulular todas las alabanzas que podían estimular aquellos juglares. Ipso facto, le correspondio' el puesto a Otilio Alejo, doctor en pedagogía.

— Oh, bienvenidos marinos,

Ordenanzas de Isabel,

La vida aquí es sabor miel,

En tierra de los tainos.

Aquí tengo a Torrespino,

Y a Pepe el toro tambien,

Y Maraja' sabe bien,

Entonar sus poesias,

Que dan a Cruce alegrias,

Y a Hecuba un gran Réquiem.

Se segundo' de nuevo las honras a los poetas, y cuando ya se estaba finalizando la competencia, apareció desde en centro de la muchedumbre un guajiro de Potrerillo, apodado "El Negro de La Rana". Un pueblo cerca de Cruces.

— Oh, mis queridos paisanos,

Poetas por afición

Hoy me inspira la ocasión,

Para extenderles la mano.

Aquí, Maraja', mi hermano,

Hoy no lo he visto cantar,

Sera' que tiene malestar,

Y no desea asumir,

El podium para rugir,

Como leon en el mar.

Al oír esto Maraja', el bardo de la esquina del bar Mancebo, el cual todo el tiempo entretenia con su obsoleta guitarra a los alegres bebedores de susodicho establecimiento, se paro' del banco en que se hallaba sentando junto a Mario Alonso y Chichi Maduro, subiendo la escalinata que conducia al estrado central de la glorieta, recito' la siguiente decima guajira.

— Oh, pueblo mio querido,

De tantos molinos viejos,

Hoy saludo a Otilio Alejo,

A Pepe, y al Negro ungido.

Quien de lejos ha venido,

Alabar a Torrespino,

En ese canto divino,

Que los poetas enzarzan,

Y con los versos alcanzan,

Hacia el Olimpo, el camino.

FIN.